私の俳句入門

Mushimi
Kunimitsu

国光六四三

文學の森

私の俳句入門＊目次

切絵　Pon's GALLERY
装丁　文學の森装幀室

私の俳句入門

俳句および和歌の表記にあたっては底本により異同のある場合、読みやすさに配慮して句（歌）形を選択しました。同じ理由で適宜かなに漢字をあて、できるだけ新字体の漢字を用い、読み誤りがちな漢字や送りがなの不足する漢字に現代かな遣いで振りがなを補っています。

また、明らかに誤っていると思われる文字は、正しい字に改めました。

俳句鑑賞

芭蕉さん、こんにちは

一　伊賀上野（貞門の宗房）

春やこし年や行けん小晦日

大晦日の前日の小つごもりでありながら立春なので、春が来たような、年の暮れのようなふしぎな一日だ。寛文二年または寛文十二年。寛文二年（一六六二）十九歳の作とすれば芭蕉最古の句。

芭蕉は、伊賀国いまの三重県伊賀市上野赤坂町で、百姓に近い郷士の家に次男として生まれました。十歳前後から五千石の上級武士の家へ奉公に上がり、運よく若殿の小姓にとりたてられます。その頃、京都の北村季吟という歌学者兼俳諧師に主従ともども師事し、松永貞徳門の初期俳諧を学んだと伝えられています。当時の俳号宗房は、本名の松尾忠右衛門宗房からとったものでした。

たんだすめ住ば都ぞけふの月

今宵の月よ、住めば都というじゃないか、ただ澄みわたれ。寛文七年（一六六七）頃。

たんだすめは当時の歌謡でよく使われた云いまわし。住めと澄め、今日と京も掛けことば。貞門俳諧らしい技巧が施されています。

俳諧とは俳諧連歌すなわち滑稽な連歌の略で、伝統的和歌形式である連歌（複数人による五七五句と七七句のくりかえし）に、謡曲や漢詩などの詞をおりまぜて滑稽味をくわえたもの。また、発句とは連歌の第一句の意味で、明治以降俳句と称された俳諧の発句は、当時すでに独立した文芸作品として扱われていました。

二　日本橋（談林の桃青）

命なりわづかの笠の下涼み

西行法師が命なりけりと歌った佐夜の中山に来て、笠の下のわずかな日陰で涼んでいる。延宝四年（一六七六）。

寛文六年奉公先で頼みの綱であった若殿が亡くなり、二十三歳の芭蕉は、さぞ途方にくれたことでしょう。寛文十二年二十九歳の頃、伊賀や京での生活に見切りをつけ、江戸へ下ります。商都日本橋で名主の家に身をよせ働きながら、俳諧の修行に励みました。命なりの句は、初めて伊賀上野へ帰郷した折の道中吟。新古今集にある西行の歌を踏まえたものとされています。

霜を着て風を敷寝の捨子哉

霜を着て風を敷いて寝ているかのように寒そうな捨て子だ。延宝五年（一六七七）。霜を着ての句も新古今集の歌を踏まえています。あざとい題材のようですが、当時はそれだけ捨て子が多かったのでしょう。江戸に出た芭蕉は俳号を宗房から桃青へ改めます。中国の詩人李白のパロディだったのかもしれません。李白の李がスモモですから。

あら何ともなやきのふは過てふくと汁

昨日河豚汁を食べたけれど、毒にあたらずなんともなくて過ぎてしまった。延宝五年。延宝年間江戸の俳諧は貞門がすたれ、大坂の連歌師西山宗因の流れをくむ談林風が主流となりました。あら何ともなやの句も、謡曲の詞をとり入れたギャグ性のつよい句です。

色《いろ》付《づく》や豆腐に落て薄紅葉

唐辛子が落ちて豆腐は薄紅葉のように色づいている。延宝六年（一六七八）頃。色付やの句は、唐辛子を入れてつくる紅葉豆腐の色合いをめでたものでしょうか。気品を感じます。延宝六年三十五歳のとき、プロの俳諧師として立机すなわち一本立ちしたと云われています。

三　深川（芭蕉庵の桃青）

櫓《ろ》の声波ヲうつて腸氷《はらわた》ル夜やなみだ

寒い夜に舟をこぐ櫓が波を打つ音を聞いていると、はらわたまで氷るように感じられて涙が出る。延宝八年（一六八〇）。

延宝八年の暮れ三十七歳の芭蕉は、突如として日本橋を去り、隅田川の対岸に位置する深川の草庵に隠棲します。魚商鯉屋主人杉風たちの経済的な支援を見込めるようになったからとする説が一般的です。しかし内妻と甥との不義密通の影響とみる説もあって、深川隠棲は謎につつまれています。櫓の声の句は、上句が十音で字余り。漢詩的表現のなかに寂寞たる孤独感がこめられています。

盛ぢや花に坐浮《そぞろ》法師ぬめり妻

花の盛りじゃと、浮かれ法師も艶めいた人妻も、気もそぞろでいる。延宝九年（一六八一）頃。

この句も字余りで、歌謡調が採用されています。第一次芭蕉庵にひきこもって漢詩文を学びなおし、禅仏教の修行にとりくみ、まさに暗中模索の時節でした。

奈良七重七堂伽藍八重ざくら

七代の都であった奈良には七堂伽藍を備えた大寺院が多く、おりしも八重桜が咲いている。貞享元年（一六八四）頃。

奈良七重の句は、大胆な組み立てがみごとです。ただし類似の先例句があるそうです。江戸の大火による第一次芭蕉庵の焼失、甲斐国への避難生活、故郷に住む母の死、第二次芭蕉庵再建をへて、貞享元年から二年にかけて江戸をはなれ、関西方面へ旅立ちます。各地の門人を訪ね、句会を催して新たな弟子を増やし、京都奈良を観光し、伊賀の実家で正月を過ごします。旅の記録は、『野ざらし紀行』や『冬の日』としてのこされています。

道のべの木槿は馬にくはれけり

道の端に寄ってむくげの花を見ようとしたら、乗っていた馬にパクリと花を食べられてしまった。貞享元年。

この句と〈山路来て何やらゆかしすみれ草〉の句は、ともに『野ざらし紀行』にとられています。蕉風すなわち芭蕉オリジナルの俳諧を開眼した、記念碑的作品と云われています。

明ぼのやしら魚しろきこと一寸

夜明けのぼんやりとした明るさの中で白魚の一寸ほどの白さだけが光っている。貞享元年。杜甫の漢詩にヒントを得ながら、蕉風俳諧の確立をたしかに示してくれる名句です。

水とりや氷の僧の沓の音

凍てついた東大寺二月堂のお水取りの儀式で修行僧の木靴の音が響く。貞享二年（一六八五）。

水とりやの句も、『野ざらし紀行』に採用されています。お水取りを取材した俳人は多くとも、この句を超える作品はいまだ生まれていません。宗教の厳粛性と真冬の寒気とをくつ音だけに集中させた至芸の一句。

古池や蛙飛こむ水のおと

静かな古池に蛙がとび込む水音がする。貞享三年（一六八六）。

関西旅行から帰った芭蕉は、二年あまり江戸にとどまり、第二次芭蕉庵で静かに暮らします。古池やの句は、初案では上句が山吹やであったという逸話を含め有名すぎるほど有名な、俳諧の代名詞みたいな発句です。

君火をたけよきもの見せむ雪まるげ

君は火をたいておくれ、私はいいものを作って見せよう、雪の大玉を。貞享三年頃。君火をたけの句、俳諧としての格はさほど高くありません。君とは河合曾良のこと。武士ながら当時芭蕉庵近くに住み、煮炊きなど日々の世話をしてくれた親しい門人でした。師弟間の親愛の深さがしのばれます。

四　漂泊の旅（芭蕉の蕉風）

旅人と我名よばれん初しぐれ

初時雨のなかを旅立つ私のことを旅人と呼んでもらおう。貞享四年（一六八七）。貞享四年芭蕉は常陸国鹿島へ短い旅をし、いったん江戸に戻ったあと、貞享五年・元禄元年にかけて一年足らずのあいだ、再び関西への長旅に出ます。この間の記録は『かしまの記』（鹿島詣、鹿島紀行）『笈の小文』『更科紀行』としてのこされています。旅人との句は、今後は漂泊の詩人として生きるという、自らの決意を表明したものでしょう。

草臥《くたびれ》て宿かる比《ころ》や藤の花

歩き疲れくたびれ果てた末に宿を求めた夕暮れの頃、藤の花を見ている。貞享五年（一六八八）。

草臥ての句から、徒歩旅行のつらさと宿でくつろぐ楽しさとが伝わってきます。この旅では、溺愛した門人坪井杜国をともない、西は兵庫の須磨明石まで足を伸ばしました。

草いろ〳〵おの〳〵花の手柄かな

草花が色々に咲いているのは、おのおのの手柄だ。貞享五年。

草いろ〳〵の句は、現代俳人の作といっても通用するでしょう。技巧的に見えないものの、実は古今集の歌を踏まえています。門人たち一人ひとりにオリジナリティの大切さを説いた挨拶句とみることもできます。

ほとゝぎす今は俳諧師なき世哉

ホトトギスが鳴いているのに詠む人もなく、今の世には真の俳諧師がいない。元禄二年（一六八九）頃。

ほとゝぎすの句からは、風雅をもとめる俳諧師としての自負がうかがえます。点取り俳諧などと呼ばれ、拝金主義的な方向へつきすすむ、宝井其角ら高弟への警鐘の意味あいも含まれているのでしょう。

糸《いと》遊《ゆう》に結つきたる煙哉

陽炎に煙が結びついて見える。元禄二年。

四十六歳で第二次芭蕉庵を売り払った芭蕉は、門人河合曾良をともない、決死の覚悟で東北地方へ旅立ちます。その折の紀行文『おくのほそ道』は芭蕉に俳聖の称号をもたらしました。採用された名句の多くは後年の推敲句ですが、糸遊にの句は、名勝地である室の八島で同行の曾良が書き留めておいた、芭蕉による写生句です。

初しぐれ猿も小《こ》蓑《みの》をほしげ也

冷たい初時雨に濡れて猿も蓑を欲しそうにしている。元禄二年。

三月江戸を出立した『おくのほそ道』の旅を八月到着した美濃国大垣で終えた芭蕉は、そのまま関西を旅しつづけ、二年半のあいだ江戸には戻りませんでした。初しぐれの句は、伊勢から故郷伊賀へ向かう道中の吟。西行の歌を踏まえ、冷雨に濡れそぼつ猿を風雅の友とみています。初しぐれが「不易」であり、蓑をほしがる猿は「流行」の象徴なのかもしれません。この句は、のちに蕉門最高傑作とされる向井去来・野沢凡兆編『猿蓑』の巻頭を飾り、書名の由来となりました。

月しろや膝に手を置宵《おく》の宿

月の出で空が白んできた宵、集まってきた人たちは膝に手を置いてかしこまっている。元禄三年（一六九〇）。近江国膳所の門人の屋敷で、俳諧の興行つまり句会が催されたときの発句です。人々の緊張している姿がユーモラスに描かれています。この句がよみ上げられるや、たちまち座の緊張がほぐれたことでしょう。

しぐるゝや田のあらかぶの黒む程

時雨れてきて田んぼの刈ったばかりの新株が黒ずんで見える。元禄三年頃。しぐるゝやの句も、京都と故郷伊賀との間の途中吟。これぞ写生のお手本と称賛したくなるような現代的な俳句です。

手をうてば木魂に明《あく》る夏の月

月を拝んで柏手を打つ音がこだまして夏の夜が明けてゆく。元禄四年（一六九一）。元禄二年から四年にかけて漂泊の旅をつづけ、大津膳所の義仲寺、そこに新築された無名庵、同じく大津の幻住庵、洛西嵯峨の落柿舎など、気にいった地には門人の援助でのんびり滞在しました。手をうてばの句は『嵯峨日記』の中にとられています。

埋火や壁には客の影ぼふし

埋み火のせいで壁に客人の影法師が映っている。元禄五年（一六九二）。

江戸に戻った芭蕉は、元禄五年深川に新築された第三次芭蕉庵に移ります。埋火やの句は、門人で膳所藩士の菅沼曲翠を江戸藩邸に訪ねたときの様子を情感豊かに詠んだもの。火鉢をはさんで語りあかしたのでしょう。

初雪やかけかゝりたる橋の上

半ば完成しかかっている深川大橋の上に初雪が積もってきた。元禄六年（一六九三）。

日本橋の名主の家で働いていた若い頃、芭蕉は、神田上水の浚渫作業の請負人をつとめました。川に対する思い入れは強かったはずです。元禄六年、甥の桃印が芭蕉庵で亡くなると、客人との面会を断ち、紀行文などの執筆に専念したのではないかと考えられています。

いきながら一つに冰《こお》る海鼠哉

ナマコが生きたまま一塊りに氷っている。元禄六年。

いきながらの句には、万物は斉同で生死を超越すると説く、中国の書『荘子』の思想がかくされています。

ひやひやと壁をふまへて昼寝哉

ひんやりした壁に足の裏を押しあてて昼寝をしている。元禄七年（一六九四）。紀行文『おくのほそ道』を完成させた芭蕉は、五月江戸を出立し、故郷伊賀上野から関西へ最後の旅に出ます。ひやひやとの句は、門人の屋敷でくつろいでいるという挨拶で、晩年の境地「かるみ」なのでしょう。

数ならぬ身となおもひそ玉祭り

取るに足らない身の上だったなんて思うんじゃないよ、お盆の魂祭りにはお前の冥福を祈ろう。元禄七年。

数ならぬの句には、若いころ内縁の妻であったと推定される女性、寿貞の訃報をきいたときの慟哭がこめられています。

びいと啼《なく》尻声悲し夜の鹿

ビイと尾を引くようになく夜の鹿の声が悲しげに聞こえる。元禄七年。

伊賀上野を立った芭蕉は、門人の争いごとを調停するため大坂へ向かう途中、奈良で一泊します。びいと啼の句は、ビイという擬声語と尻声という日常語とを使いながら、伝統的な和歌にも劣らない雅の世界をつくりだしています。

此道や行《ゆく》人《ひと》なしに秋の暮

秋の夕暮れどき、この道を行く人はない。元禄七年。

此道やの句は、たんなる叙景ではありません。この道とは芭蕉が俳諧の風雅をきわめようと歩んできた道なのでしょう。他にはだれもいない孤独な人生行路。この発句を詠んだ一カ月後、芭蕉は大坂の地で病に倒れ、門人たちにみとられて亡くなりました。遺体は、江戸でも伊賀上野でもなく、遺言によって大津膳所の義仲寺に埋葬されました。

＊

この文章を記述するにあたり、田中善信著『芭蕉』（中公新書）や雲英末雄・佐藤勝明訳注『芭蕉全句集』（角川ソフィア文庫）などの文献を参考にしました。

蕪村百句堂

一　蕪村の恋句

古来、和歌に恋の歌は欠かせません。万葉集で全体の四割、古今集では三割、新古今集でも二割が、恋の歌とされています。俳句の祖先である連歌においても、一巻に少なくとも一句は恋の座を設けなければならない、そんな式目（ルール）がありました。

江戸中期の俳諧師与謝蕪村の発句から、いくつか恋句を拾い出してみましょう。

うき人に手をうたれたるきぬた哉

憂き人とは、つれない恋人のこと。砧は、秋から冬にかけ、主に女性の夜なべ仕事で使われた昔の道具。麻や葛などの硬い織布を、木槌でたたいて柔らかくしました。従って、言い寄ってぶたれたのは、男のほう。

腰ぬけの妻うつくしき火燵哉

腰抜けは、腰がたたないの意味。年齢のせいなのか病弱なのか。いずれにせよ、そんな妻を美しい愛らしいと、夫は感じています。このとき蕪村は五十四歳。結婚して十年ほどで、実際の夫人は、うんと若かったそうです。

女倶して内裏拝まんおぼろ月

美しい朧月の夜、女を供に連れて御所を拝もう。蕪村お得意の王朝物。女とは源氏物語に登場する朧月夜の君でしょう。あるいは、実際の恋愛体験を昇華させた句か。

酒を煮る家の女房ちよとほれた

愛妻句のよう。ところが、お相手は他家の奥さん、あるいは飲み屋の女将という解釈もあるそうです。浮気心か。

恋さま〴〵願の糸も白きより

竹ざおに五色の糸をかけ、織女と牽牛の再会を祈った七夕行事。白い糸よりというから、幼い男女の初恋を見守っているのでしょう。上句が効果的。

身にしむやなき妻のくしを閨に踏《ふむ》

艶っぽい恋句。男には、先立たれた妻とのネヤの感覚が残っているのかもしれません。但し、亡くなった妻の櫛がいつまでも蒲団の上に転がっているなんて、現実にはありえません。蕪村夫人は、このころ健在でした。

待人の足音遠き落葉哉

待ち人は恋人。落葉踏む足音が聞こえたと思ったのは、気のせいだったかしら、これほど待ち焦がれているのに。技巧に頼らない、率直な詠みぶりです。

住吉の雪にぬかづく遊女哉

雪の降り積もる住吉神社の神前で、遊女が額づいて一心に祈っています。すさまじい光景。摂津の住吉さんは、幸薄い遊女たちが篤く信仰する神様でした。

逢《あわ》ぬ恋おもひ切ル夜やふくと汁

逢えない恋の思いを断ち切るため、今夜はふぐ汁でも食べようか。恋の苦しさを笑いに転じた、いかにも江戸俳諧らしい滑稽句。

さしぬきを足でぬぐ夜や朧月

王朝物の一つ。指貫は、貴族の男性が直衣や狩衣など普段着のときに穿く袴でした。貴公子の傍らに、どこかの姫君がいらっしゃるはず。

妹が垣根さみせん草の花咲ぬ

恋人の住む家の垣根に、三味線草の花が咲いています。三味線草とはナズナ、ぺんぺん草のこと。前書に「琴心挑美人」とあるので、中国の古典から題材をとった詩句とわかります。琴の代わりに三味線の語をあてて洒落ています。

ゆくはるや同車の君のさゝめごと

王朝物の一つ。女性の甘いささやき声と、牛車の車輪の転がる音とが重なって聞こえます。行く春を取り合わせたのも、同車の君と言い放ったのも、ワザあり。

現存する蕪村の句は、ほとんどが五十歳を過ぎてからの作品です。恋句といえど、物語や芝居の一場面を詠んだものが多く、私的な心情は表に現われていません。

俳句は、俳諧連歌の子孫ゆえに、和歌由来の遺伝子を引き継いでいます。和歌の遺伝子とは、季題季語であり、切字であり、花鳥風月であり、本歌取りであり、むろん滑稽も、イロニーも、座の挨拶も含まれます。そして、もう一つ忘れてならないのがこの相聞、男女の恋情です。

二　蕪村の絵画句

絵画的――蕪村の発句、第一の特徴です。蕪村は、単純な自然描写の俳人ではなく、人間の物語をいったん絵画化し、それを文字に置き換えた詩人でした。

元映画監督で『蕪村春秋』の著者である高橋治は、蕪村の句には動きがあって、映像的であると指摘しています。

狩ぎぬの袖の裏這ふほたる哉

狩衣は、公家が日常着用した略服。本来は狩猟用。蛍を放って姫君の横顔を見る、源氏物語のエピソードを踏まえた句かもしれません。ゆれ動く幻想美の世界。

うら枯や家をめぐりて醍醐道

末枯れは、晩秋に草木が枝先から、葉の縁から枯れてゆくさま。醍醐道は、京都伏見を発し醍醐寺、山科を抜けて逢坂の関を越え、近江大津へと通じる街道でした。

こがらしや何に世わたる家五軒

冬の嵐が吹き荒れるなか、じっと耐えている家が五軒。何を稼業として世渡りしているのかという問いかけに、さほど意味はないでしょう。

几巾《いかのぼり》きのふの空の有り所

几巾は紙鳶、烏賊幟とも書いて、凧揚げのタコ。春の季語。単純な懐旧句じゃありません。凧は昨日と同じ所に浮かんでいるのか、否か。時空を超えた不思議の句。

五月雨や美豆の寝覚の小家がち

みづ（美豆）は歌枕で、宇治川が木津川と合流する洛南の地名。語源は水。琵琶湖を発した流れが瀬田川で、宇治に入って宇治川と称し、伏見の淀地区で木津川桂川と合流、最後は淀川と名を改めて大阪湾へそそぎます。寝覚めの語は、暮らし向きの強調。水害を暗示して不安感を煽っています。

両《ふた》村《むら》に質屋一軒冬木立

「夢想三句」の一つ。二つの村に質屋が一軒。寓意など探らず、純粋に絵画句として鑑賞すればよいでしょう。

ほとゝぎす平安城を筋《すじ》違《かい》に

筋違は斜め。ほととぎすが平安京の上空をはすかいに飛んでゆく。そんな大きな絵を思い浮かべてください。京都に定住し十数年を経た、蕪村五十六歳の古都賛歌。

絶頂の城たのもしき若葉哉

詩人萩原朔太郎は「若葉の青色と、城の白堊とが色彩の明るい配合をしているところに、この句の絵画的のイメージがあり、併せてまた主観のヴィジョンがある」と評しています。山頂に崩れかけた石垣だけが残されている、と解釈しても面白いでしょう。

さみだれや大河を前に家二軒

美豆の寝覚の句と、想は同じ。絵柄の大きさでこちらに軍配を上げましょう。この句、娘の離婚を報じた手紙に書きつけられたもの。家二軒に、隠された意味あり。

地蔵会やちか道を行《ゆく》祭客

当時、六地蔵参りでは、沿道の人から飲食の接待を受けることができたそうです。鑑賞する側のもつ地蔵盆に対するイメージが、色彩を伴って眼前に浮かんできます。

葱買て枯木の中を帰りけり

ネブカコウテの口語調が生きています。漢詩に題材をとった文人画風。白い枯木道に葱の青一色を点じて初期天然色映画のよう。生活句とみても、興趣ある画題でしょう。

春水や四条五条の橋の下

春水は鴨川の雪解け水。「四条五条の橋の上」は当時流行した謡曲の一節。または、唐詩選にある「天津橋下陽春水」の詩句から、仕立てた発句といわれています。

しら梅に明《あく》る夜ばかりとなりにけり

臨終で詠んだ三句中の三句目、まさしく蕪村辞世の句。東の空が白みかけた夜明け方、庭に咲いているはずの白梅の花を死の床で想っています。白梅は蕪村が好んだ季題。

蕪村は、夜半亭二世・与謝蕪村の俳号よりも、春星、謝寅《しやいん》などの画号で世に知られた京の絵師、文人画家でした。池大雅と合作した画帖は国宝に、何点かの屛風絵は重要文化財に指定され、銀閣寺には襖絵の部屋が残されています。

明治に入って子規虚子ら一派が蕪村の俳諧を発掘し『俳人蕪村』として再評価したことで、旧弊な宗匠制度は粉砕され、俳句の近現代史が切り拓かれました。

三　蕪村の物語句

物語的――蕪村の特徴を語るとき、絵画的と並んでよく指摘される評語の一つ。単に虚構句、想像句というより、物語の句と呼びたくなる複層的な広がりを持っています。

宝暦四年から足かけ三年、丹後の与謝で絵画修業に励んだ蕪村は、四十二歳のとき京に戻りました。帰京後まもなく還俗して妻帯します。暮らしと精神の安定をえて、ようやく四十代半ばから、句作にも腰が据わってきました。

離別《さら》れたる身を踏込《ふんごん》で田植哉

離別れたるの上五に、夫の側から一方的に離縁された、若い女の悲哀がこめられています。かつて、田植えは一族総出の共同作業でした。彼女は、好奇と同情の目に晒されたはず。泥田へ一歩、力強く踏み込んでみました。

一陣は佐々木二陣は梶のふね

木曾義仲と源義経による宇治川の合戦で、義経軍の佐々木氏と梶原氏が先陣争いをした故事を踏まえているそうです。勢いのある句。

虫干や甥の僧訪ふ東大寺

蕪村の甥が、実際に東大寺で修行していたわけじゃありません。甥の僧とは『平家物語』に登場する人物。奈良の東大寺ともなれば、古文書がたくさんあったことでしょう。

鳥羽殿へ五六騎いそぐ野分哉

風雲急を告げる軍記もの。鳥羽殿は、白河院が造営し、鳥羽院が完成させた洛南の離宮でした。鳥羽院崩御をきっかけに、皇位継承をめぐる保元の乱が勃発しました。

易水に葱流る、寒《さむさ》哉

易水は史記に登場する、中国河北省の川の名。秦の始皇帝を暗殺せんとする非日常の物語に、ネブカという日常の野菜を取り合わせました。深読みは無用でしょう。

化《ばけ》そうな傘かす寺の時雨哉

貧乏寺とボロボロの傘。若い頃、蕪村は修行僧の姿で各地を放浪しました。三十代半ばで関東を去って上洛したときも、まずは浄土宗総本山知恩院を訪ねています。なお、上五を正しい歴史的かな遣いで表記すれば「化さうな」となります。

鍋さげて淀の小橋を雪の人

淀の小橋は、淀城の上手で宇治川に架かっていた橋。両岸に茶店があって賑わっていたそうです。テレビで時代劇ドラマの一場面を見ているよう。

折釘に烏帽子かけたり春の宿

王朝もの。烏帽子は元服した男の略式の帽子。折り釘に掛けるというから、安宿でしょう。男女密会の場か。

梅咲て帯買《かう》室の遊女かな

舞台は播州の室の津。古くから港町として栄えました。梅が咲いて、遊女が帯を買う。艶美なひとコマです。京の文人にとって、遊女は身近な存在でした。

むし啼《なく》や河内通ひの小でうちん

河内通ひは『伊勢物語』にも登場する、大和から生駒山を越えて河内へ通う道。真っ暗な秋の夜、恋しい女のもとへ通う男の提灯のあかりと、虫の音すだく映像美。

又平に逢ふや御室の花ざかり

酔っ払いが片肌脱いだ、滑稽な俳画に付けられた賛句。御室は京の桜の名所。又平は室町時代の宮廷絵師土佐光信の弟子だとか。自画像ふうの遊び芸です。

阿古久曾《あこくそ》のさしぬきふるふ落花哉

阿古久曾は紀貫之の童名。日常の袴である指貫に花びらを仕込んでおき、それを振るって落花だと洒落ています。幼年の貫之なら、こんな悪戯をしたでしょうか。

山吹や井手を流るゝ鉋屑

前書に平安後期の歌人の名があって、その前書と一体で鑑賞するよう求められた句。井手は京の地名で歌枕。山吹と蛙とが詠われてきました。しかし、用水をかんなくずが流れて行く叙景句と解釈しても、破綻はありません。

近世俳諧の前に、たくさんの物語が存在しました。伊勢・源氏などの王朝物、保元・平家・太平などの軍記物、今昔・お伽などの説話物や民話、古今・新古今・唐詩選・和漢朗詠のような和漢の詩、神道や仏教の経典。また近世では蕪村の前に、蕉門の俳諧。

蕪村もまた、長い修練と成長の過程で和漢のさまざまな古典作品に触れ、絵画と俳諧の両方で、華麗な物語を紡いでゆきます。

四　蕪村の抒情句

萩原朔太郎が、与謝蕪村を『郷愁の詩人』と呼んで高く評価しています。大胆にも「唯一の理解し得る俳人」と位置づけ、「彼の詩境が他の一般俳句に比して、遥かに浪漫的の青春性に富んでいる」からだと、理由を述べています。

郷愁性、浪漫性、青春性――たしかに、そのような抒情的傾向は、多面体の詩人とも評される、蕪村の発句に見られる特徴的な一面でした。

夏河を越すうれしさよ手に草履

前書によれば、丹後の与謝で詠まれた句。少年の川遊びを描いて、躍動感に溢れています。蕪村は三十九歳から三年間、実母の出身地と伝えられる与謝に移り住んで画業の修練に励み、帰京後、俳号の姓を与謝に改めました。

春の海終日《ひねもす》のたり〳〵かな

誰もが知る蕪村の代表句です。俗語でノタリノタリと詠うリズムの心地よさ。のどかに春の海が凪いでいます。

月天心貧しき町を通りけり

天心は空の中心。旅人が月光に照らされた貧しい町を通り過ぎて行きます。清涼感ある、姿の大きな句です。

うぐひすのあちこちとするや小家がち

小さな家々の間をウグイスが飛んでゆきます。小家がちは、平安時代よく用いられ、蕪村も好んだ言い回し。

春雨や小磯の小貝ぬるゝほど

海辺の岩場で、音もなく降る春の雨が、小さな貝を濡らしています。小磯の小貝と、畳みかけるように小の字を重ね、抒情性を高めています。

雛見世の灯を引《ひく》ころや春の雨

これも春の雨。雛見世は雛人形店。雨降る夕暮れ時の美しさは、絵師ならではの視点でしょう。

ゆく春やおもたき琵琶の抱心

行く春と琵琶との取合せは、漢詩を踏まえています。暮春のけだるさ。琵琶を抱くという表現が、恋する男女の姿態さえ連想させて、妖艶です。

愁ひつゝ岡にのぼれば花いばら

石川啄木歌集『一握の砂』に、〈愁ひ来て／丘にのぼれば／名も知らぬ鳥啄《ついば》めり赤き茨《ばら》の実〉という短歌があります。この啄木の歌は蕪村句からの本歌取りだろうと、藤田真一著『蕪村』で指摘されています。蕪村の抒情性、青春性は、近代の詩人たちに大きな影響を与えました。

やぶ入や浪花を出《いで》て長柄川

俳諧発句体、漢詩絶句体、漢文訓読体そして和詩までをごちゃ混ぜにした、オリジナリティ溢れる自由詩「春風馬堤曲」の最初に置かれた発句です。藪入は、奉公人が正月と盆に帰省するための特別休暇。浪花を出てぶらぶら歩いて行くと、まず淀川の支流にぶつかりました。

春雨やゆるい下駄借す奈良の宿

しとしと降り続く春の雨、鼻緒の緩んだ下駄、奈良の老舗旅館。取合せの妙技です。

帋《し》燭《そく》して廊下過《すぐ》るやさつき雨

王朝物の一つ。紙燭は、宮中で儀式や行幸のとき用いられた照明器具。一本の松の木の手元に紙を巻いて握り、先には油を塗って点火しました。暗く陰鬱な長雨の廊下を、紙燭の灯りがすべるように通って行きます。

秋の燈やゆかしき奈良の道具市

秋の夕暮れどき、古い寺院の境内で、骨董市が店開きしています。ぼんやりした燈火の下、並べられた古い仏具、陶器、長持、文机。古都の旅を懐かしく思い出します。

骨《こつ》拾ふ人にしたしき菫かな

火葬のあと、骨揚げをする人々の悲しみを慰めるかのように、傍らに菫の花が咲いています。北原白秋はこの句を踏まえ、妹の死を悼む抒情詩集『思ひ出』を作っています。

明治の蕪村再発見は、短詩型文学界に大きな影響を与えました。情熱歌人与謝野晶子でさえ「私も一時蕪村を愛読し、蕪村に由つて人生自然の感じ方を啓発せられた所が多い。また詩語として国語を運用する技巧に就いても蕪村から若干の学ぶ所があつた」と告白しています。

五　蕪村の滑稽句

俳諧の辞書的解釈は、おどけ、たわむれです。古くは滑稽味のある和歌を「俳諧歌」と呼びました。滑稽は、乱調と同調の混和から生じる、饒舌な可笑しみです。諧謔、面白い戯れ言、洒落、ユーモア、ギャグ、ウィット。

子規は、俳句における滑稽をただの笑いと考えませんでした。自作句を解説する文中で「俳句は滑稽のうちに品格あり、趣味あるを要す」と主張しています。

山本健吉は、戦後まもなく発表した俳論「挨拶と滑稽」において、「俳諧は一座の中で絶えず相手に語りかけ、笑みかける藝術なのだ。このような対話的・談笑的雰囲気の中に、連衆の心の寄りつどう中に、『俗談平話を正す』という文学理念が貫徹されるのだ」と書いています。

　尼寺や十夜に届く鬢《びん》葛《かずら》

十夜は、浄土宗寺院で行われる念仏法要。鬢葛は髪油。剃髪し出家した女に、未練をもつ男からの贈り物でしょうか。四十代で還俗して京に定住するまで、蕪村の身なりは僧形でした。宰町と名乗っていた、二十二歳の作。

　戸をたゝく狸と秋ををしみけり

現代感覚だと、狸はただの野生動物です。でも、昭和のごく最近まで人里近く棲む愛嬌あるペットであり、同時に、奇怪な非日常的劇場の名脇役でした。

　秋来ぬと合点させたる嚏《くさめ》かな

嚏はくしゃみ。古今集の〈秋来ぬと目にはさやかに見えねども風の音にぞ驚かれぬる〉を、下五の俗語一つできれいに落としました。合点は、納得の意味と、俳諧宗匠が句に丸印を付けることとを掛けたものだとか。

負《まく》まじき角力を寝ものがたり哉

角力と書いて読みはスマヒ、つまり相撲です。山本健吉の「口惜しがる負相撲を慰める妻の姿も目に見えるようである」と鑑賞したやさしさが、心に沁みます。

宿かせと刀投出す雪吹哉

ずいぶん乱暴な侍がいたものです。よほど外の雪嵐がひどかったのでしょう。雪吹と吹雪は同じ。

古池に草履沈みてみぞれかな

水面の下に草履、上からはみぞれ。侘しさ、寂しさがよく表わされています。芭蕉の名句を意識した作品でしょう。

御手打の夫婦《みょうと》なりしを更衣

不義密通のような何らかの事件を引き起こし、本来ならばお手討ちになってもおかしくない男女が、いまは許されて夫婦となり、衣替えの初夏を迎えました。人生の機微。

秋風《しゅうふう》や酒肆《しゅし》に詩うたふ漁者樵者

酒肆は居酒屋。漁師も木こりも酔って大声で謡っています。漢詩風。民衆酒場からの実況中継でしょう。

大津絵に糞落しゆく燕かな

大津絵は、近江大津の追分や三井寺周辺で、土産物として売られた素朴な民画です。念仏や戯画風のものなど、大衆受けする画題が好まれました。のどかな風景。

溲たれて独《ひとり》碁をうつ夜寒かな

碁は風流な遊びながら、ひとり水溲をたれながら打っている姿に、滑稽な悲哀がにじみ出ています。

寒梅や奈良の墨屋があるじ皃《がお》

奈良の墨屋は、俳諧をたしなみ、多くの文人と交際した実在の人物だとか。老舗の主人ガオしてやがる、と軽く皮肉って、笑いをとった挨拶句でしょう。

公《きん》達《だち》に狐化《ばけ》たり宵の春

公達は貴族の子息。若く甘い顔立ちが、狐に見えました。アイドルタレント風。蕪村お得意、王朝物の一つ。

上品な貞門の俳諧から出発した芭蕉は、江戸に出て、一時、宗因が始めた談林の風に吹かれました。談林派の滑稽は、庶民的な荒っぽい哄笑、嘲笑でした。芭蕉の深川隠棲は、おそらく談林風との決別だったのでしょう。

芭蕉生誕から遅れること七十年、大坂に生まれ、二十歳の頃江戸に出た蕪村は、芭蕉に憧れ崇拝し、四十代半ばまで各地を放浪しました。晩年、東洛の金福寺に芭蕉庵があったと知り、その再興運動に取り組んだりもしています。

蕪村の滑稽は、抑制された笑いです。彼の描いた絵物語の世界から、一歩も外へ出ようとはしませんでした。

六　蕪村の写実句

摂津（大坂）生まれの蕪村は、二十歳の頃江戸に出て、俳人夜半亭宋阿に入門します。師の没後、支援者を頼って下総（茨城）へ移り、下館や結城に滞在。二十八歳のとき一念発起し、芭蕉にならって奥羽地方を行脚しました。

柳散《ちり》清水涸れ石処《ところ》〴〵《どころ》

西行や芭蕉が詠んだ歌枕の遊行柳の地。いまでは石がところどころ転がっているばかり。感情をおさえ、客観描写を徹底させた叙景句です。この奥羽旅行を終えた翌年、初めて蕪村の号を用いました。

温泉の底に我足見ゆる今朝の秋

温泉と書いて、読みはユ。秋の清々しさが出ています。

楠の根を静《しずか》にぬらすしぐれ哉

大きなクスノキに近寄ってみると、太い根が黒く濡れています。音もなく降る冬の雨。無音の映像美。

あなたうと茶もだぶ〳〵と十夜哉

十夜は、浄土宗の寺院で行われる念仏法要。修行僧にとって、お楽しみはたっぷり注がれるお茶だけ。芭蕉の〈あなたふと木の下暗も日の光〉から、上五を拝借しました。

牡丹散《ちり》て打かさなりぬ二三片

蕪村の代表句。中七の的確な描写は名人芸でしょう。下五に置かれた漢語も、句の価値をうんと高めました。

凩や碑をよむ僧一人

木枯らしの吹く中、石の碑文を読もうと一人の僧が前屈みになっています。自画像か。想像句でしょうが、実景と信じたくなります。墨絵の世界。

万歳や踏かためたる京の土

現代の寄席で見る漫才とは違い、当時の万歳は、家内安全や長寿繁栄を寿ぐ、年始の門付け芸でした。京自慢。

斧入ㇾて香におどろくや冬木立

都会人となって久しい蕪村五十八歳の作。斧を振るった者にしか詠めない作品です。冬は間伐除伐のシーズン。

落水田ごとのやみと成にけり

落し水は、稲刈りが近づいて田の水を抜くこと。後年、この句の上五を「さつき雨」と改めています。落し水の音が遠く聞こえるほうが、写実的かつ詩的でしょう。

鮒ずしや彦根の城に雲かゝる

鮒鮨は、酸味あるナレ鮨の一つ。近江名産。彦根城と取り合わせて、大きな姿を詠みました。挨拶句。

虹を吐てひらかんとする牡丹哉

牡丹は蕪村の愛した花。中七の観察眼に唸るほかありません。虹を吐くという表現も、つい真似したくなります。

飛弾山の質屋戸ざしぬ夜半の冬

画賛句か、物語句か。かりに紀行文の中に置かれていても、描写の鮮やかさにうっとりします。飛弾は飛驒。

近代文学「写生」説は、洋画の理論に学んで、俳句・短歌から散文にまでおよぶ方法論でした。正岡子規は、主観の眼をとおさず、現実の事物をありのまま写しとるよう主張しました。つづく高濱虚子は、俳句修業の第一歩は客観写生（客観的描写）にあると唱えました。

「主観がなければ文学はない。しかしその主観を最もよく運ぶものは客観の具象である。客観の描写のまずい、主観の暴露しているものは、文芸として価値がない」

虚子『俳談』に収められたこの見解は、客観的描写による具象性が短詩型文学の要諦であることを指摘したものでしょう。

さらに評論家山本健吉は、「写生について」と題した短文のなかで、「写生」を近代俳句の前提と認めたうえで、論を深めています。

「写生とは自分が体験したなまの事実を描き出すことではない。むしろなまの事実の拒否の上に成立つものだ」「自分の体験の支えによって非現実の完結した世界を描き出すことだ」「これが俳句における移調（トランスポジション）である」「私は写生を藝術の方法における自明の前提として重視する。だが、だからこそ移調の実現が意志されていないただの写生句には我慢がならないのである」

この移調とは何か。なまの事実の拒否とは、実作上どのような技法を云うのでしょうか。ことほどさように、俳句における「写生」ほど、扱いのむつかしいものはない、と云わざるを得ません。あえて本文のタイトルを「写実句」とした所以です。

七　蕪村の生活句

絵師としても俳諧師としても、蕪村は遅咲きの天才でした。刻苦勉励型の秀才と呼ぶ人もいます。残された南画や俳画の作品群を見れば、彼が驚くほど多様な技法に挑み、徐々に腕前を上げていく過程をたどることができます。

蕪村の場合、残された手紙類から、画家として名が売れたあとも、画材の購入すらままならないほどの貧乏暮らしであった様子がうかがえます。雅やかな王朝風の作品も、実は、きびしい現実生活の中から生まれたものでした。

小鳥来る音うれしさよ板庇

板葺きのひさしなので、豪邸じゃありません。上五中七で切れて、コツコツと小鳥の足音を聴いています。

孝行な子ども等にふとん一ッづゝ

江戸時代の庶民にとって、貧しさは永遠のテーマ。

庵《あん》買うて且《かつ》うれしさよ炭五俵

小さな家を買って引っ越し、なお炭の買い置きが五俵もあると喜んでいます。引越し祝いのいただきものか。炭五俵は荷車一台分で、ひと冬安心して過ごせました。

春雨や人住ミて煙壁を洩る

前書によれば、西京の化け物屋敷の様子とか。しかし、貧乏暮らしの自嘲句と読んだほうが、はるかに味わい深いでしょう。風流の象徴である春雨との取合せが効果的。

春の夜や盥《たらい》をこぼす町外れ

客商売のお店が営業を終え、盥の水を捨てているところでしょうか。町外れの小路に灯りがもれています。

冬ごもり妻にも子にもかくれん坊

蕪村五十四歳の作。たぶん娘はまだ十歳くらい。近所の幼い子を相手に、隠れん坊で遊んでいます。蕪村のほうは隠者気分で、画俳の仕事に没頭しているのでしょう。

かはほりやむかひの女房こちを見る

かはほりは蝙蝠。向かい家の奥様をコウモリ呼ばわりしました。風流句と解するのは、無理があるでしょう。

埋火や我《わが》かくれ家も雪の中

埋火は、灰の中に埋もれた炭火。昔の人は火鉢のなかの炭火を大切に扱いました。白い灰と赤い炭火、雪におおわれた町と、貧しくとも暖かな我が家の対比。

子鼠のちゝよと啼《なく》や夜半の秋

清少納言の『枕草子』に、蓑虫は「ちちよちちよとはかなげに鳴く」という一節があり、芭蕉にも〈蓑虫の音を聞きに来よ草の庵〉の句があります。いわば本歌取り。

愚に耐《たえ》よと窓を暗《くろう》す雪の竹

前書で「貧居八詠」とした第一句。杜甫の漢詩にならった連作だとか。本来、竹に積もる雪は風雅の象徴でした。華麗な絵物語を身上とする蕪村らしからぬ警句。

筋《すじ》違《かい》にふとん敷たり宵の春

門弟高井几董たちと東神戸の脇浜へ遊びに出かけた折、蒲団を斜めに敷いて語り明かしました。小旅行の思い出。

我を厭ふ隣家寒夜に鍋を鳴ラす

向かい家の女房をコウモリと呼べば、隣家からは、嫌がらせなのか、鍋の音が響いてきます。どうやら蕪村一家はご近所と仲が良くなかったようです。京の町中ですから、自由業の余所者に冷たかったのかもしれません。

生活句といえば、かつて女流の俳句を主婦俳句あるいは台所俳句などと呼んで、おとしめる風潮がありました。和歌短歌は女流の抒情文学であり、一方、滑稽を旨とし時に揶揄嘲笑さえいとわない俳諧俳句は、男系の文学であると見なされていたのです。

ところが、現代の俳壇の多くの結社を見れば、すでに俳句が女性主体の文芸であることは歴然としています。大正期以降「ホトトギス」が女流専用欄を設け、積極的に後押しした運動が、ようやく実を結びつつあるといった格好です。あるいは、戦争と直後の復興の熱気が冷めて、男性の生活が詩的世界から遠ざかってしまった結果なのかもしれません。俳句にとって一つの危機的状況でしょうか。

俳句は十七音の極小文芸です。虚子が唱えたごとく、花鳥風月を諷詠するのが精一杯の長さです。生活の句でいうなら、現代のウェブ社会には、ツイッターのような簡便な表現形式が登場しています。俳句の正念場かもしれません。

八　蕪村の否定句、比喩句

与謝蕪村はさまざまな表現法を駆使しました。最後は否定・負の表現、比喩表現の句を拾ってみましょう。

鮎くれてよらで過《すぎ》行《ゆく》夜半の門

釣り好きの友人が鮎を持ってきてくれました。夜も遅いというので門前に置いて、声をかけたか掛けなかったか、そのまま寄らずに帰って行きました。中句「よらで」に、情感がこもっています。

宿かさぬ燈影や雪の家つゞき

蕪村五十三歳の作。おそらく各地を行脚した若い頃の思い出でしょう。当時の辛さは未だに忘れられません。

時鳥柩をつかむ雲間より

ホトトギスといえば和歌の雅の世界。ところが、柩の上空から鳴くホトトギスは不気味です。鋭い鳴き声は遺族の慟哭でしょうか。この年蕪村五十五歳。周囲から請われ、やっと師の「夜半亭」を継承し、二世を名乗りました。

己が身の闇より吼て夜半の秋

おそろしい句です。自分の体の中に闇があって、何やら得体の知れない獰猛な生き物が棲みついており、夜中になれば時々吼えると告白しているのです。前書によれば、友人円山応挙が描いた、黒い犬の画につけられた賛句。

我も死して碑に辺《ほとり》せむ枯尾花

前書に「金福寺芭蕉翁墓」とあります。芭蕉が大津義仲寺の境内に葬られたのと同じように、自分が死ねば、翁の碑を建立した洛東金福寺の境内に葬ってもらいたいという遺言句です。六十代の蕪村は、ますます芭蕉翁への追慕の念を深めました。

藪入の夢や小豆のにえる中《うち》

やぶ入りは奉公人の特別休暇。帰省した実家で楽しい夢を見ているという解釈より、奉公先で小豆を煮ながら、帰省の夢を見ていると読むのが正解でしょう。悲しい句です。

菜の花や月は東に日は西に

一面に黄色の菜の花が咲いた広大な景色。漢詩や和歌からヒントを得た空想句と考えられています。

花いばら故郷の路に似たる哉

ふと見かけた野ばら咲く生垣の小路。この道を行けば、故郷へ帰れそうな気がします。心象風景。陶淵明の「帰去来ノ辞」に基づいているそうです。

門を出れば我も行人《ゆくひと》秋のくれ

芭蕉の最高傑作〈此道や行人なしに秋の暮〉を踏まえています。我も門を出て芭蕉のあとをついて行きたい、そんな願望でしょう。

門を出《いで》て故人に逢ぬ秋暮《あきのくれ》

前掲句と同じ趣向ですね。「故人」とは芭蕉翁のこと。

涼しさや鐘をはなるゝかねの声

鐘の音を視覚的にとらえ、しかも夏の涼感を表現したところが、新しくて非凡です。

猿三《み》声《こえ》我も又月に泣夜かな

「猿三声」は漢詩からとられた詩句。猿の声は俳諧で多用されたらしく、芭蕉も『野ざらし紀行』で使っています。だから「我も又」なのでしょう。

春雨やものがたりゆく蓑と傘

おだやかに降る春雨のなか、蓑と傘で行く二人連れ。商家の主人と奉公人でしょうか。男女の恋模様でしょうか。おくのほそ道を旅する芭蕉と曾良の姿かもしれません。

最後に、理論にも少し触れておきます。門弟黒柳召波の発句集『春泥句集』の序文に、師弟問答の形で「離俗論」と呼ばれる短文が残されていました。俳諧とは何か。

〈俳諧は俗語を用いて表現し、それでいて俗気を離れるべきもの。離俗のために、多くの書物を読みなさい。君はもともと詩人なのだから、詩を語るのもよいでしょう〉

古典を学び、他分野の芸術にも触れるよう、蕪村は推奨しました。これは時代を超えた、俳句界へのメッセージかもしれません。さらに、俳諧の流派について。

〈俳諧に門戸などありません。諸流に学んで、その中からよいものを自ら選びとりなさい。常に友を選びなさい〉

＊

蕪村句の表記は原則として、藤田真一・清登典子編『蕪村全句集』（おうふう）に拠りました。

一茶を読む

一　西国を旅する一茶

宗左近著『小林一茶』から引用します。

「一に芭蕉、二に蕪村、三、四がなくて、五が一茶」

江戸の俳人をランク付けしたら、一茶って人気こそ芭蕉と蕪村に次ぐ第三位だけれど、実力のほうは、うんと離されてるよねえ。世評はそんなところでしょうか。

『俳句の世界』の著者小西甚一先生になると、もっと辛らつです。

「俳諧史の三頂点をなすとまで説く人もあるけれど、実のところ、それほど大した作家とは認めにくい。文化・文政期の低調さのなかで、かれの強烈な個性は、たしかに眼だつ。しかし、それは、眼だつだけのことで、とても芭蕉や蕪村とならぶわけにはゆくまい」

目立つだけ。たしかに俳聖や天才画家と比較すると、一茶はかなり調子がちがっています。通俗、卑屈、自虐、皮肉、傲岸。猫に雀に蛙に蠅に蚤虱。糞尿やら屁。しばしば露悪趣味。川柳との境界もはっきりしません。

では、青年期の一茶は、どんな句を詠んでいたのでしょうか。まさか初学の頃から、いわゆる一茶調だったわけじゃありますまい。

三文が霞見にけり遠眼鏡

寛政二年（一七九〇）二十八歳の作。江戸の湯島天神に展望台があって、遠めがねの料金が三文だったようです。

信州出身の一茶は江戸の郊外に住まい、隅田川以東を拠点、房総あたりまでを勢力圏とする俳諧グループ葛飾派に属していました。三世総師である渭浜庵《いひんあん》溝口素丸のもと執筆《しゅひつ》（書記）をつとめる新進作家として、ようやく頭角を現わしつつありました。

青梅に手をかけて寝る蛙《かわず》哉

寛政三年作。晩年の皮肉なところなど全く見えない好句です。澄んだ瞳で詩の世界に遊んでいます。

いつ逢ん身はしらぬひの遠がすみ

寛政四年作。この年から七年間、一茶は一大決心をして西国行脚の旅に出ます。プロの俳諧師として独り立ちするための修行旅です。不知火は、めざす九州筑紫にかかる枕詞。

西国へ旅立つ二年前、葛飾派の有力者で師でもあった二六庵竹阿が亡くなっています。今回の旅には、二六庵を襲名せんとする、目論見があったと云われています。竹阿の門弟や葛飾派の支援者が、関西から中国、四国、九州北部にまで広く住んでいたのです。

しづかさや湖水の底の雲のみね

寛政四年作。この句の格調の高さはどうでしょう。「蠅が手をすり足をする」の作者からは想像もつきません。

盃に散れや糺《ただす》のとぶほたる
塔ばかり見えて東寺は夏木立

ともに寛政四年、京都での作。盃にの句の舞台は、下鴨神社の糺の森です。納涼気分にひたって、見事。東寺といえば五重塔。古都らしさがよく出ています。

寒き夜や我身をわれが不寝《ねずの》番
夕風や社の氷柱灯のうつる

これらも寛政四年作。葛飾派の支援者を訪ねあるく旅とはいえ、一茶本人は、貧しく乞食同然の僧形でしたから、粗末な木賃宿やさびれた寺社ときには百姓小屋で、一夜の宿を借りることもあったはず。眠れぬほどの寒さを「寝ずの番」と洒落たところが詩人です。氷柱に映る、ろうそくの灯の美しさ。

君が世や旅にしあれど笥《け》の雑煮

君が世や茂りの下の耶蘇仏

ともに寛政五年作。君が世の詞は、旅のあいだ熱心に学んでいた、万葉集や古今集の影響だそうです。笥は食べ物を盛るうつわ。耶蘇仏は、長崎で見かけた隠れキリシタンの聖マリア像でしょうか。

思ふ人の側へ割込む巨《こ》燵《たつ》哉

これも寛政五年作。一茶には珍しい、艶やかな恋句です。自身の体験か、旅の途中の見聞か。巨の字が使われているので、床を切った大きな掘り炬燵だったのでしょう。

灯ちら〳〵疱瘡小家《ごや》の雪吹哉

寛政六年作。長崎では藩が設けた隔離病棟を訪ねたのでしょうか。吹雪のなか、とおく病棟の灯がまたたいています。

寐ころんで蝶泊らせる外湯哉

義仲寺へいそぎ候はつしぐれ

ともに寛政七年作。外湯は伊予松山の道後温泉。義仲寺は芭蕉の遺骨が眠る大津。芭蕉死して百年。翁はすでに神仏のごとき存在でした。修行旅はゆっくり東へと向かいます。

夏山に洗うたやうな日の出哉

寛政十年作。肩の力が抜けきった句です。西国各地で未知の有力者たちと句会を催し、プロの俳諧師として鍛えられた一茶坊は、この年やっと江戸に帰りつきました。

二　江戸の業俳一茶

七年におよぶ西国の旅を終え、小林一茶は江戸にもどってきました。しかし、名跡二六庵を円満に継承する夢はかなえられず、俳諧師仲間とのつきあいの難しさを思い知らされます。

門松やひとりし聞《きく》は夜の雨

享和二年（一八〇二）、四十歳の作。前年たまたま信濃に帰った折、臨終の父を看取りました。父は北国街道の宿場町柏原の本百姓で、宿駅の伝馬役もつとめた人。実母とは幼い頃すでに死に別れています。一茶の孤独はいっそう深まったことでしょう。

萍《うきくさ》の花より低き通りかな

享和三年の作。一茶の生活拠点は、隅田川の東、葛飾と呼ばれる一帯でした。借家のある本所町あたりは低湿地で、堀割の水面より低い土地に民家が密集していました。

空《すき》腹《ばら》に雷ひゞく夏野哉

これも享和三年の作。江戸近郊の業俳一茶は信州の百姓出身でしたから、上総下総を巡回し、支援者からの施しで生計を立てねばなりません。満足な食事にありつけない日もあったのでしょうか。

秋寒むや行《ゆく》先々は人の家
我星は上総の空をうろつくか
梅が、やどなたが来ても欠《かけ》茶碗

享和三年の一句と、文化元年（一八〇四）の二句。

江戸時代の俳諧師については、金子兜太さんが『一茶句集』で、解説しておられます。

「家業を持っていて閑暇に俳諧を楽しんでいる者を遊俳、専門の（それで飯を食べている）俳諧師を業俳《ぎょうはい》、前句付《まえくづけ》とか冠付《かむりづけ》とかいった懸賞俳諧に一生懸命だった投句者を雑俳《ざっぱい》と呼んでいた」

はいかいの地獄はそこか閑古鳥

享和三年、立山の旧火口、地獄谷での作。

一の湯は錠の下りけり鹿の鳴《なく》

下京の窓かぞへけり春の暮

なの花にうしろ下《さが》りの住居哉

鐘氷る山をうしろに寝たりけり

春雨に大欠《あくび》する美人哉

有明や浅間の霧《きり》が膳をはふ

文化元年、二年の一句ずつ、三年の二句、八年、九年の一句ずつ。

心からしなの、雪に降られけり

文化四年作。四十代の後半に入る頃から、一茶は帰郷定住の思いを強くします。なんども信濃へ帰って、家をまもる継母と義弟を相手に、屋敷と田畑を折半するよう求めます。当然、親戚まで巻きこんだ、泥沼のごとき遺産相続交渉がくり返されました。

古郷やよるも障《さわる》も茨《ばら》の花

春立や菰《こも》もかぶらず五十年

文化七年、九年の作。文化九年の暮れ、一茶は定住のため、ついに信濃へ帰りました。

是がまあつひの栖《すみか》か雪五尺

三　小さなものを愛した一茶

大《だい》根《こ》引《ひき》大根で道を教へけり

文化十一年（一八一四）の作。庶民派一茶らしさがよく現われた名句です。ただし、この作品より古く、『川柳評万句合勝句刷』のなかに、そっくりな川柳がのこされていました。

ひんぬいた大根で道ををしへられ

現代川柳のルーツは江戸時代、柄井川柳による前句付とされています。前句付とは、七七の十四音の前句を受けて、後ろに五七五の十七音の句を付ける言葉遊びのこと。評者川柳が点数をつけて勝ち負けを決めたため、当初は川柳点とも呼ばれました。

川柳と俳句の違いについては、坪内稔典著『俳句のユーモア』のあとがきが、参考になるでしょう。
「川柳は笑いを得意とする形式。だが、うがちや風刺による川柳の笑いは、笑いの対象がはっきりしており、意味がだいたい一つ。俳句のように多義的で曖昧ではない」

痩蛙まけるな一茶是に有

文化十三年、蛙合戦を見物した折の作。
小動物や子どもを題材にするとき、一茶の川柳性が明らかに現われました。笑いと、弱いもの、小さなものへの慈しみ。でも、純粋に慈悲の心だけでしょうか。人事への皮肉な目が、底に潜んでいる気がしてなりません。

手枕や蝶は毎日来てくれる
我と来て遊ぶや親のない雀
寝た犬にふはとかぶさる一葉哉
猫の子がちよいと押へるおち葉哉
雀の子そこのけ〳〵御馬が通る
仰のけに落て鳴《なき》けり秋のセミ

やれ打な蝿が手をすり足をする
鶏の坐敷を歩く日永哉

文化十年の一句、十一年の二句、十二年、文政二（一八一九）、三、四、六年から一句ずつ。

あの月をとつてくれろと泣《なく》子哉

文化十年の作。一茶の初婚は文化十一年、五十二歳のとき。新妻は二十八歳でした。一茶は若い妻きくをこよなく愛し、たてつづけに三男一女を授かります。ところが、どの子も二歳までのはかない生命でした。

名月をにぎ〳〵したる赤子哉
凧《たこ》抱《だい》たなりですや〳〵寝たりけり
あこよ来よ転ぶも上手夕涼
這へ笑へ二ツになるぞけさからは
名月や膳に這よる子があらば
最《も》う一度せめて目を明け雑煮膳
わらんべは目がねにしたる氷かな

文化七年の一句、十三年の二句、文政元、二、四、五年から一句ずつ。

高齢で子を得た喜びと、次々に亡くした悲嘆との落差に、胸のつぶれる思いがします。

四　信濃に帰った一茶

小林一茶は、十五歳で捨てたはずの信濃の地に、五十歳のとき帰郷し定住します。

　五十聟《ごじゅうむこ》天窓《あたま》をかくす扇かな

文化十一年（一八一四）の作。新妻は二まわり、二十四も年下でした。はげ頭をぺちんとたたき、わざと自嘲して見せる一茶。

　目出度さもちう位也おらが春

文政二年（一八一九）の作。中くらいは中レベルの意味じゃなく、中途半端のこと。この年、最愛の長女さとの生と死をテーマとした句文集『おらが春』をまとめました。

　ともかくもあなた任せのとしの暮

これも文政二年作。農事も村のつきあいも子育ても若い妻に任せきりで、自身は江戸帰りの俳諧宗匠として、年がら年じゅう信濃から房総にかけて各地をめぐり歩きました。

一ツ舟に馬も乗けり春の雨

大の字に寝て涼しさよ淋しさよ

うつくしやしやうじの穴の天の川

恋人をかくした芒かれにけり

侍が傘さしかけるぼたん哉

出る月や壬生狂言の指の先

蟻の道雲の峰よりつゞきけり

ずぶ濡れの大名を見る巨燵哉

手拭のねぢつたまゝの氷哉

文化十年の三句、十二年の一句、文政元年の二句、二年、三年、六年から一句ずつ。障子の穴から見える天の川は、雅の世界。蟻の道と雲の峰は、遠近法を用いた描写がみごと。いびつな形のまま氷った手拭には、一茶らしからぬ芸術性、哲学があります。

屁くらべが又始るぞ冬籠

文化十三年の作。おっとどっこい。これぞ一茶調。放屁の音の大きさや長さや回数を競うのも、一種の娯楽だったのでしょう。金子兜太さんは「尾籠《びろう》ながら愛嬌のある遊戯」と面白がっておられます。
晩年、次々に幼い子を亡くし、愛する妻をも失った一茶の句調は、芭蕉翁が求めた風雅の道からどんどん遠ざかってゆきます。

ことしから丸儲ぞよ娑婆遊び

文政四年元旦、五十九歳の作。中風で倒れた翌年、ようやく思うように体を動かせるようになったと、手放しで喜んでいます。

木の陰や蝶と休むも他生の縁

文政八年の作。小さな蝶は、老いた俳諧師の目に、仏の使いと映ったのでしょうか。

やけ土のほかり〳〵や蚤さわぐ

文政十年、夏の作。北国街道の宿場町柏原をおそった大火で、一茶の家も類焼します。焼け残りの土蔵が仮の住居となりました。

又けふもわすれてもどる日影哉

最晩年の作。あいかわらず支援者の家を訪ね歩きます。冬がきて、土蔵の中で三度目の中風にやられた一茶は、三人目の妻にみとられながら、六十五年の生涯を閉じました。

＊

本文中に記載しなかった主な参考図書　丸山一彦校注『新訂一茶俳句集』（岩波文庫）

子規の革新・虚子の伝統

一　青雲の志

子規こと正岡常規は、明治改元の前年、慶応三年（一八六七）伊予松山生まれ。幼名升（のぼる）。

父常尚は、御馬廻加番という身分の低い松山藩士で、升が五歳のとき亡くなりました。母は八重。母方の祖父大原観山が高名な藩の儒学者で、六歳から八歳までこの外祖父の塾へ通って漢詩文を学びました。

十六歳で旧藩校の松山中学を中退し、上京。翌明治十七年、東京大学予備門のちの第一高等中学校に入学します。明治維新で幕府方について敗れた旧松山藩の士族にとって、中央での学問こそが立身出世への正道でした。

梅雨晴やところどころに蟻の道

明治二十一年夏の作。十八歳の頃から和歌や俳諧に興味をおぼえた升は、二十年松山に帰省した折、俳人大原基戎《きじゅう》から直接俳諧の手ほどきを受けました。二十二年には友人と水戸旅行に出かけて喀血し、こののち、血を吐くホトトギスの意味で「子規」の俳号を用います。

あたゝかな雨がふるなり枯葎

明治二十三年冬。むぐらは雑草のことで、暖と枯との季重なりながら、落ち着きのある詠いぶりです。この年、文科大学いまの東京大学の哲学科へ入学し、江戸っ子夏目漱石と親しくなって文章論を交わしたりしました。

門しめに出て聞て居る蛙かな

明治二十五年春。前年、哲学に興味を失った子規は学年試験を放棄し、友と木曾路の旅に出かけて紀行文『かけはしの記』を著わし、郷里の後輩高濱虚子と文通し、年の暮れから翌年にかけて小説『月の都』を執筆し、さらにライフワークとなる「俳句分類」作業にも着手します。そして二十五年『かけはしの記』によって陸羯南《くがかつなん》社主の新聞「日本」に発表の場をえて、同紙に『獺祭書屋俳話』を連載するや、とうとう大学中退を決意し、十二月一日文芸欄担当記者として日本新聞社に入社しました。

毎年よ彼岸の入に寒いのは

明治二十六年春。前年、陸羯南の世話で根岸に住居を定めた子規は、郷里松山から母の八重と妹の律を呼び寄せました。毎年よの句は、母の発した言葉そのままを十七文字にまとめた作品と云われています。

みちのくへ涼みに行くや下駄はいて

明治二十六年夏。新聞「日本」に俳句欄を新設し、自らも「新しい句会運営方法」である互選句会を盛んに催し、奥羽へ旅行に出て各地の俳諧師を訪ね『はて知らずの記』を記す一方、俳聖神話を突き崩すべく新聞に『芭蕉雑談』を発表します。下駄履いては、無論ジョークです。

薪をわるいもうと一人冬籠

明治二十六年冬。三歳年下の妹律は、二度の離婚を経て母や兄と同居しています。この句の時点で、兄の看護に明け暮れる生活など、予期していなかったでしょう。

二　新聞記者

明治二十八年は、子規にとって、人生の転換点でした。この年、あまりに大きな代償を支払うことになります。

春の夜や寄席の崩れの人通り

明治二十八年春。すっかり東京暮らしにも慣れたのでしょう、江戸趣味にあふれた名人上手の句です。子規も大学予備門以来の親友漱石も、ともに落語が大好きでした。

一桶の藍流しけり春の川

明治二十八年春。隅田川か神田川あたりで、藍の染料を流している光景です。明治二十八年以前における、俳人子規の到達点を示す佳作と云えます。

六月を奇麗な風の吹くことよ

明治二十八年夏。三月に東京を発ち、五月神戸に帰着するまで、自ら望んで日清戦争の従軍記者として旅順に赴きました。士族の血が騒いだのでしょうか。しかし、帰国する船上で激しく喀血し、一時危篤状態に陥ります。神戸病院から須磨の結核保養院に移って小康状態を得たとき、生きることの喜びを詠ったのが、この六月をの句です。下五の切字「よ」の口語調が瑞々しく感じられます。

桔梗活けてしばらく仮の書斎哉

明治二十八年秋。神戸で体力を回復させたあと、静養のため松山に帰省し、ちょうど松山中学で教鞭をとっていた夏目漱石の借家（愚陀佛庵）の一階に転がり込みます。俳句の訪問客が相次いで騒がしいため、桔梗の書斎と呼べるような、静かな環境ではありませんでした。

柿くへば鐘が鳴るなり法隆寺

明治二十八年秋。故郷松山から東京へもどる途中、奈良を観光旅行した折に詠まれた、子規の代表句です。東大寺を法隆寺に置き換えたエピソードでも知られていますね。真面目に考えれば理屈の通らない、おかしな句です。

漱石が来て虚子が来て大三十日《おおみそか》

明治二十八年冬。普通の年じゃありません。死の淵から生還した二十八年の大晦日です。神戸で看病してくれた愛弟子の虚子や、松山で世話になった親友漱石が根岸の自宅を訪ねてくれたことに、心から感謝しています。

従軍記者として大陸に渡り、結核という死病に魅入られてしまった、まさにその明治二十八年の十月二十二日から十二月三十一日にかけて、新聞「日本」に『俳諧大要』を発表しました。この本格的な「新しい俳句評論」の冒頭で、子規は高らかに宣言します。

「俳句は文学の一部なり。文学は美術の一部なり。故に美の標準は文学の標準なり。文学の標準は俳句の標準なり。即ち絵画も彫刻も音楽も演劇も詩歌小説も皆同一の標準を以て論評し得べし」
古くさい俳諧を「俳句」という新しい名前で近代に復活させ、文学・芸術（美術）の一分野として位置づけてみせる、大胆かつ画期的な文芸評論が登場しました。

三　俳句革新

俳句革新とは、よく目にする言葉です。では一体全体、子規が起こした革新とは、何だったのでしょうか。

山門をぎいと鎖《とざ》すや秋の暮

明治二十九年秋。この年の春、自分の病名が「脊椎カリエス」すなわち脊椎骨の結核であることを初めて医師から知らされました。

いくたびも雪の深さを尋ねけり

明治二十九年冬。腰や背中の痛みが増し、だんだん外を歩けなくなってきました。翌三十年、新聞「日本」に『明治二十九年の俳句界』を連載して、同郷の後輩である高濱虚子、河東碧梧桐ら現代作家を激賞し、明治の俳壇へ送り込みます。続けて同紙に発表した評論『俳人蕪村』は、江戸の俳諧師蕪村を発掘して芭蕉の次席に配置しただけでなく、俳人子規自らの名をも世に広く知らしめました。

夏草やベースボールの人遠し

明治三十一年夏。第一高等中学校時代、野球に熱中した頃を懐かしく思い出したのでしょう。バットを持つユニホーム姿の写真が、現在に遺されています。三十年、松山で誕生した俳句雑誌「ほとゝぎす」が、この年発行所を東京に移され、虚子編集誌として生まれ変わりました。ここに、新聞・雑誌メディアという「新しい発表の場」が整えられたのです。

椅子を置くや薔薇に膝の触るゝ処

明治三十一年夏。明治三十年冬の類似句に〈フランスの一輪ざしや冬の薔薇〉があります。ともに西洋画風モダンを狙った作品です。新聞の挿絵を依頼するべく、中村不折と会ったのは明治二十七年の春でした。「新しい作句理論」として近代俳句を決定づける写生論は、この新進西洋画家との交際から生まれました。

ある僧の月も待たずに帰りけり

明治三十一年秋。舞台は観月会でしょうか。一人の僧が何か用事を思いついたらしく、月の出も待たず、先に帰ってしまいました。物語性のある面白い作品です。

句を閲《けみ》すラムプの下や柿二つ

明治三十二年秋。自らの身が死病に苛まれる生活のなかでも、選句作業に神経を集中させています。閲すの語はあらため、調べるの意味。明治三十年秋の類似句に〈三千の俳句を閲し柿二つ〉もあります。

旧弊な宗匠の手による技巧的、観念的な言語遊戯を月並俳句と名づけ、子規は否定しました。方法論としては、作句理論、発表の場、句会運営方法そして評論が革新の四本柱でしょう。

(一) 西洋画から学んだ写生技法
(二) 「日本」「ホトトギス」などの新聞・雑誌
(三) 仲間たちと催した互選句会
(四) 俳句を文学の一つと位置付けた文芸評論

四　死期を見つめる子規

虚子から贈られたガラス障子のある六畳間に仰臥し、死期を見つめながら『墨汁一滴』『仰臥漫録』『病牀六尺』と毎日短文を書き連ねた子規の姿を想うとき、胸苦しささえ覚えます。そのような絶望的な病床から、偉大な近代俳人は後世に残る作品を吐き出しました。

鶏頭の十四五本もありぬべし

明治三十三年秋。当時、虚子も碧梧桐も、この句をほとんど評価しませんでした。ところが、後の俳人歌人や評論家の手で、今や子規畢生の秀句と判定されています。ならば何故十四五本であって、七八本ではいけないのでしょうか。本当のところ誰にもわからない不思議な作品です。

凍筆をほやにかざして焦しけり

明治三十三年冬。ほやは火屋と書いて、香炉や手あぶりの蓋のことでしょう。凍てついた筆を温めようとして焦がしちゃったよと、病人が泣き笑いしています。

秋の蚊のよろ〳〵と来て人を刺す

明治三十四年秋。寝たきりの鬱屈と身体の激痛からたびたび癇癪を起こし、看護の母や妹に怒りの矛先を向けました。この頃、自死の誘惑とも闘っていたようです。秋の蚊の句には、まだ、小さな虫と遊ぶ心の余裕がありました。三十五年夏の類句〈活きた目をつつきに来るか蠅の声〉の痛ましさは、読む者にとっても耐え難いものです。

草花を画く日課や秋に入る

明治三十五年秋。最晩年の子規は、友人の画家中村不折からもらった絵の具で、画帖にいろいろな草花を描きました。仰向けに寝たまま看護人の助けを借りて、水彩の筆をとりました。彼に健康な身体さえあれば、絵画美術の分野でも一定の業績を残せたかもしれません。

首あげて折々見るや庭の萩

明治三十五年秋。下五は伝統的な雅の、いかにも俳諧らしい題材です。でも、寝たきりの病人ですから、かろうじて首を持ち上げることしかできませんでした。自嘲の句ですが、気品を失ってはいません。

糸瓜咲て痰のつまりし仏かな

明治三十五年秋。死の十二時間前、仰臥したまま筆をとり、画板に貼られた紙に書きとめた、辞世三句中の第一句です。あとの二句は〈痰一斗糸瓜の水も間にあはず〉と〈をとゝひのへちまの水も取らざりき〉でした。化粧水として知られるへちま水ですが、当時は痰を切る効果のある薬と信じられていました。自らを「仏」と呼び、最期まで俳諧らしい笑いを希求していました。

臨終を看取った高濱虚子は、河東碧梧桐たちを呼び集めるため、直ちに真夜中の根岸へ駆け出しました。

三十五歳で夭折した革新の俳人正岡子規。その死後、碧梧桐は新聞「日本」の俳句欄を継承し、虚子は俳誌「ホトトギス」を近代俳壇の牙城へと育て上げます。

五　革新の後継者

高濱虚子は、明治七年（一八七四）松山生まれ。本名清。父池内庄四郎政忠は、文武両道に秀でた藩の柳生流剣術監のち御祐筆で、能楽の世話役をも務める人物でした。

明治二十五年、虚子は京都に出て、第三高等中学校に入学します。学制改革のため、やむなく伊予尋常中学以来の親友河東碧梧桐とともに仙台の第二高等中学校へ転学し、そこも一カ月で退学して、上京します。

明治二十八年、同郷の先輩で七歳年上、文芸の師とも仰ぐ正岡子規が、日清戦争の従軍記者として大陸に渡り、帰国の船上で喀血して生死の淵をさまよいました。虚子は神戸の須磨保養院へ駆けつけ、看病にあたりました。

人病むやひたと来て鳴く壁の蟬

明治二十九年夏の作。病む人とは結核におかされた子規のことでしょう。前年神戸須磨で、また、東京の道灌山で、俳句の革新を志していた子規から後継者となるよう繰りかえし説得されながら、二十一歳の虚子は束縛を嫌ってか、その申し出を断りました。

蝶々のもの食ふ音の静かさよ

明治三十年春。子規が『明治二十九年の俳句界』を発表し、子規門の双璧として、虚子と碧梧桐の二人を俳壇に送り出します。この蝶々の句など中七が意表を衝いており、師の期待に十分こたえ得る鮮やかな写生です。

同年、下宿の娘と結婚し、「国民新聞」の俳句選を引き受けました。翌三十一年、年の離れた長兄の資金援助で、俳誌「ほとゝぎす」（改題後「ホトトギス」）の経営権を買い取って主宰し、発行所を松山から東京神田錦町の自宅へ移します。

遠山に日の当りたる枯野かな

明治三十三年冬。枯野が芭蕉の辞世句を想わせて、風格ある名句です。自解によれば静寂枯淡の心境だとか。が、むしろ日照の明るさに目を向けてください。

子規逝くや十七日の月明に

明治三十五年秋。九月の夜更け、子規が息をひきとった直後、近所で待機する河東碧梧桐と寒川鼠骨を呼びに子規庵の外へ出てみると、旧暦十七夜の月がぽっかり空に浮かんでいました。

桐一葉日当りながら落ちにけり

明治三十九年秋。ストップモーションのごとき描写に心奪われます。気品ただよう映像美。どう見ても写生句の作りですが、実は、題詠による想像句でした。

金亀子擲《なげう》つ闇の深さかな

明治四十一年夏。黄金色が漆黒に吸い込まれ消えゆくイメージから、掌の中にあるコガネムシを夜の暗がりの中へなげうつ、作者自身の心の闇に慄然とします。

夏目漱石の『吾輩は猫である』連載以降、虚子は「ホトトギス」を一般文芸誌に衣更えさせ、彼自身、俳句よりも写生文（言文一致体の散文）による創作活動に力を入れはじめます。

六　客観写生

大正六年（一九一七）頃から、虚子は「ホトトギス」誌上で「客観写生」を唱え始めます。この虚子写生論が、作句の技法をあらわす言葉と考えるのは、まちがいでしょう。彼は技法よりも、心構えを説く指導者でした。

　鎌倉を驚かしたる余寒あり

大正三年春。しばらく小説に熱中していた虚子が、大正二年〈春風や闘志いだきて丘に立つ〉と詠んで、俄然俳句界に帰ってきました。大正二年『俳句とはどんなものか』を、続いて『俳句の作りやう』を発表します。鎌倉への転居は明治四十三年。以降、小諸に疎開した戦時中の一時期を除いて、鎌倉を愛し、住み続けました。

　能すみし面の衰へ暮の秋

大正七年秋。生家が能楽に関係していたため、虚子自ら能を舞い、新作能を執筆発表し、能楽堂を建設するために奔走しています。この頃『進むべき俳句の道』を連載し、「客観写生」を説いています。

白牡丹といふといへども紅《こう》ほのか

大正十四年夏。中七の云い回しの巧みさに舌を巻かざるをえません。昭和五年の作〈帚木に影といふものありにけり〉と似ています。

大空に伸び傾ける冬木かな

大正十五年冬。これも写生のお手本です。裸木はただ上空に向かって伸びているだけでなく、傾いていていました。

大夕立来るらし由布のかきくもり

昭和二年夏。この年、山茶花句会の席で初めて「花鳥諷詠」を説き、翌三年の大阪毎日新聞社の講演でも「花鳥諷詠」を提唱しました。

流れ行く大根の葉の早さかな

昭和三年冬。世田谷の九品仏あたり。上流で大根の泥を洗い落としているらしく、千切れた葉っぱが流れてきました。同じ川の早さでも、芭蕉は五月雨の最上川で大きな風景を詠み、虚子は小川の生活感あふれる大根葉ですね。

虚子は「客観写生（客観写生―主観―客観描写）」と題した俳話のなかで、「客観写生」とは俳句における「修行の道程」であると語っています。以下に、要約してみます。

まずは自分の心と関係なく、目の前の花や鳥（＝自然の景物）をそのまま写しとる。これを繰り返していると、やがて花や鳥と自分の心が親しくなり、客観と主観との交錯が起こる。さらに進めば、また客観描写にもどって花や鳥を描くことで、作者自身を描くことができる。

文学の究極の目的は、生命の真実を解明することでしょう。ただ俳句の場合、事物を徹底して観察するところから入って、何千句と描写を繰りかえし、鍛錬しなければ上達しません。いきなり感情を暴露するような態度を「小主観」と呼んで、虚子は排斥しました。つまり「客観写生」とは、段階を踏む《上達のメソッド》だったのです。

七　花鳥諷詠

昭和二、三年頃から虚子は、俳句とは花鳥諷詠詩であると定義づけます。この「花鳥」の語は、単に花鳥風月を指したものじゃありません。「季題」の代名詞であって、四季の移り変わりが引き起こす、人事をも含んでいました。

襟巻の狐の顔は別に在り

昭和八年冬。日比谷公園の吟行で、成金趣味のご婦人が散歩しておられたのでしょう。シニカルな滑稽句。

凍蝶の己が魂追うて飛ぶ

昭和八年冬。小動物の生命力をたたえた句ではありません。凍て蝶が寒風に吹き飛ばされながら、うす汚れた羽で息も絶え絶えに飛んでいます。

スコールの波窪まして進み来る

昭和十一年夏。約三カ月間フランスを中心とするヨーロッパ旅行に出かけました。スコールの句は、マルセイユを発ち横浜へ帰る、箱根丸の船上から見た実景です。

もの置けばそこに生れぬ秋の蔭

昭和十三年秋。前年、親友にして句敵ともいうべき河東碧梧桐が亡くなりました。虚子の追悼句は〈たとふれば独楽のはぢける如くなり〉というものでした。同十二年、句集『五百句』を刊行し、芸術院会員に推されました。

大寒の埃の如く人死ぬる

昭和十五年冬。この非情さはどうなのか。どうやら、同じ句会の席で詠まれた〈大寒や見舞に行けば死んでをり〉とともに、連衆の笑いを誘った滑稽句だったようです。

天地の間にほろと時雨かな

昭和十七年冬。復古調の心地よい、追悼句です。

虹立ちて忽《たちま》ち君の在る如し

昭和十九年夏。福井県三国に住む薄幸の若き女弟子への思いを句に託しました。七十歳の虚子は、彼女との交流を題材とする短編小説『虹』をも執筆しています。

何をもて人日の客もてなさん

昭和二十一年新年。疎開先での困窮した暮らしぶり。

初蝶来何色と問ふ黄と答ふ

昭和二十一年春。おや初蝶ですよ、何色ですか、はい黄色ですね。三つの問答からなる珍しい構造の句です。晩年の虚子が「存問」と称した、日常の挨拶でしょう。

爛々と昼の星見え菌生え

昭和二十二年秋。菌と書いて、きのこ。世上評価の高い秀句で、上五の選択に門弟の多くがしびれました。

「花鳥諷詠」は季題諷詠の言い換えに過ぎません。虚子自身、俳話のなかで「花鳥諷詠は自然現象のみでない。人間のことも含んで居る」と語っています。

有季・定型詩である俳句の「季題」の部分を取り出してみせただけ。時代背景として、無季の方向へと流れがちになる、新傾向俳句や新興俳句などの潮流と対抗する上で、このような明快な標語を必要としたのでしょう。

八　伝統俳句の未来へ

客観写生、花鳥諷詠と云いながら、虚子本人は詠み手の感情、主観が表に現われ出た、独特の句風による作品をたくさん遺しました。

手で顔を撫づれば鼻の冷たさよ

昭和二十四年冬。強い自意識が表明されています。芥川龍之介の〈水涕や鼻の先だけ暮れ残る〉を念頭においた句かもしれません。

彼一語我一語秋深みかも

昭和二十五年秋。登場人物は老人二人。彼が一言しゃべって黙し、我が一言返して、また黙します。静謐のとき。庭の木はあざやかに紅葉していたでしょう。

去年今年貫く棒の如きもの

昭和二十五年暮れ。新年のラジオ放送用に詠まれ、世に広く流布した日本人の愛唱句です。時の流れを一本の棒にたとえる剛直さは、見事というほかありません。宇宙を感じとる人さえおられます。この句も自意識の表明か。

翌二十六年、「ホトトギス」の主宰と雑詠選を長男高濱年尾に引き継ぎ、次女星野立子の主宰誌「玉藻」の編集に力を注ぐことにしました。

明易や花鳥諷詠南無阿弥陀

昭和二十九年夏。千葉の神野寺にこもっての夏稽古会における題詠句です。はたして、これが「詩」と云えるものかどうか。ともかく信仰的立場は明確に表現されています。この年の秋、国から文化勲章を授けられました。

風生と死の話して涼しさよ

昭和三十二年夏。避暑のため訪れた山中湖畔で、句会が催されました。珍しく人名の詠みこまれた不可思議な句です。このころ富安風生はノイローゼ気味で、だから師弟の間で死の話に及んだそうです。

独り句の推敲をして遅き日を

昭和三十四年春、八十五歳。前書によれば高僧大谷句仏への追悼句ですが、自画像のようにも読めます。句帳の最後に書きつけられ、結果として遺作となりました。

虚子は有季・定型のきびしい制約のもと、一貫して「平明にして余韻ある俳句」を求めつづけました。ただし、「客観写生」「花鳥諷詠」という二つの指導語は、俳句が平板な瑣末主義に陥る危険性を孕んでいました。すなわち、季題季語を育んできた人々の生活や心情を忘れた、自然界への逃避です。

だから、虚子のもとを離れた俳人たちは、個性的かつ抒情的な句を詠もうとし、たとえば、人間探求派と呼ばれる若い作家が育ちました。大戦前の新興俳句、戦後の社会性俳句、前衛俳句のごとき、作家性あるいは社会性を重んじる俳句も生まれました。伝統俳句といえど、このような昭和史の影響を受けながら、現在、さらに未来へとつながっています。

俳諧小説

黒羽の館

《主な登場人物》

語り手（私）　……　河合曾良、おくのほそ道の旅の随行者

桃青　……　俳諧の師、芭蕉庵松尾桃青

翠桃　……　鹿子畑善太夫、黒羽の館代の弟

浄法寺図書　……　黒羽の館代（城代家老）、翠桃の兄

鹿助　……　館代浄法寺家の下男

角左衛門　……　高久村の庄屋

四月一日（陽暦五月十九日）日光東照宮に参詣し、書状をとどけた師と私は、次の目的地、仙台へ向かう途中で、那須の黒羽に立ちよった。

玉生の宿から日光道を東行し、鷹内、矢板、沢、太田原の村々をへて、三日の夜に黒羽の城下町へ入った。黒羽の藩主は大関信濃守である。私たちは郊外の余瀬村に、黒羽藩士、鹿子畑善太夫の屋敷をたずねた。

翠桃の俳号をもつ善太夫は、桃の一字でわかるように、師の俳諧の弟子にあたる。江戸詰めのころ、何度か会ったことがあると、師から聞かされていた。あらかじめ手紙で約してあったとはいえ、よくぞ来られましたと、涙をこぼさんばかりによろこんでくれた。

翌朝はやく館代浄法寺家から、迎えの駕籠がきた。前夜のうちに、鹿子畑家から知らせておいたものらしい。

黒羽の館代すなわち城代家老は、浄法寺図書というお方らしい。実は、わたしの兄なのですと、翠桃が云ったので、師も私も仰天した。おや、伝えておりませんでしたかと、翠桃が笑った。どうやら翠桃はいたずら好きらしい。

兄も俳諧をたしなみます。桃青先生のご到着をいまかいまかと待ち焦がれていたのでございましょう。ひとまず黒羽の館へお移りくださいと翠桃にうながされ、私たちは苦笑しつつ、迎えの駕籠に乗るしかなかった。

ひる前、黒羽の館に入った。館代浄法寺図書は公務を早々に切りあげ、師にお会いになった。年齢はまだ若く、翠桃と一つ違いの二十九歳という。顔だちもよく似ている。が、さすが重職にあるお方らしく、弟の翠桃とちがい、立ち居振る舞いに、気品があった。奥方と二人ならんでおられる姿など、まるで内裏びなを思わせた。

まもなく俳諧好きが数人、客間によび集められ、俳諧連歌の会が始まった。まず師が発句をしめされ、脇句は、館代でなく、翠桃が付けた。私が第三をおく。その後もほとんど三人で、句を連ねていった。

館代は、ひかえめなご気性なのか、だまって聞いておられた。挙句の一つ前になって、ようやく句を詠まれた。すかさず、師が、みごとな挨拶でございますと、たたえられた。館代の俳号は、色白のお顔に似あわず、秋鴉というものだった。

翌日も天気がよかった。私たちは、雲岩寺見物に出かけることにした。

朝食の前、洗濯物があればお出しくださいと、世話をしてくれることになった鹿助という男に云われ、遠慮なく出しておいた。とうぜん下働きの女が洗ってくれるのだろうと思っていた。ところが、館に滞在中、ずっと奥方手ずから、洗ってくださっていたらしい。

雲岩寺は、鹿島におられる、仏頂和尚ゆかりの山寺だ。和尚は、師にとって仏禅の導師であり、心の真友ともいえる。若いころ、旅の途中、この寺の裏山の奥深いところで、山ごもりの修行をされたと聞いた。師と二人だけで出かけるつもりでいたら、館代浄法寺、鹿子畑の両家から、おおぜい伴の者があらわれ、にぎやかな物見遊山となった。

　裏山をよじのぼってみると、大きな岩にもたれかかるかたちで、庵の跡がのこされていた。師はそこで、しばらく目をとじておられた。和尚の徳をしのばれたのだろう。

　翌六日から九日まで、ずっと雨が降りつづいた。師は、旅を先へ急ぎたいと、気ぜわしく思われていたにちがいない。が、お役目にとっては、実に都合のよい雨だった。白河の関を越え、仙台藩に入るには、なお時期が早すぎた。

　長雨に気を滅入らせているだろうと、九日の午後、修験光明寺の住職から招かれた。光明寺には、修験道の開祖とされる、役の小角をまつる行者堂がある。一本歯の高足駄を見物された師は、役の行者の健脚にあやかりたいものだなと、おっしゃった。夜おそく黒羽の館にもどった。

　十日、ようやく雨がやんだ。久しぶりの日照に、心まで晴れわたる思いがした。師も館の庭をながめて、のんびりと過ごされた。なにやら山も庭も、生き生きとうごき入るようだなと、おっしゃった。手なぐさみに、やぶれた芭蕉葉と、鶴の絵などを描かれた。

　翌日、小雨のなか、ついに余瀬の翠桃宅へ帰った。晩になると雨脚がはやくなった。まだ仙台からの連絡がなく、黒羽を離れることは許されない。しかたなく、私がめまいを起こしたと、いつわることにした。

十二日、雨がやんだ。余瀬村まで、館代がわざわざ見舞いにおいでくださり、篠原稲荷へまいりましょうと、さそわれた。馬上から犬を追う弓矢の競技の跡や、玉藻の前の古墳とされる狐塚などを見てまわった。師によれば、ともに謡曲で知られた旧跡らしい。翌日も、親戚筋の津久井氏が見舞いに来られ、金丸八幡宮へとさそわれた。平家物語の那須の与一の話で有名な、那須の総社らしい。

十四日も、終日、雨が降った。またも館代が見舞いにきてくださった。こんどは、奥方お手製の料理の詰まった重箱を持参されたので、ひたすら恐縮した。ほんとうに、気くばりのゆきとどいたお方だ。師は、俳諧の心得など、すこし講義された。

十五日ひる過ぎ、雨がやんだ。前日の約束にしたがい、師は鹿助をともなって、黒羽の館へ出向かれた。私は、持病がよくないからと、お供をしなかった。

秋鴉の号もよろしいが桃雪という名はどうでしょうかと、師は、かねて用意してあった折紙を館代にさずけられた。つまり、芭蕉庵の門弟として、お認めになったのだ。館代はおおいに喜び、拝して折紙を受けとられた。あとで鹿助から聞いたところでは、なんどもなんども、師に頭を下げられたそうだ。

夕刻、さきに仙台に入った者から、ようやく密書がとどいた。幕府から伊達家に命じられた日光東照宮修復工事がついに始まり、仙台藩の領内では、人足のかり出しがさかんに行われているらしい。いよいよ、探索のお役目がはじまる。

翌十六日、天気よし。師が、館から余瀬の翠桃宅へもどられたので、私たちは、そのまま黒羽を発つことにした。翠桃から、過分のせんべつ金をちょうだいした。

館代から馬がさし向けられ、鹿助が先に立って、那須街道を案内してくれる。途中、鹿助は何を思ったか、一句書いていただけないかと、短冊をとりだした。いくにちも世話になった男の頼みごとだから、むげにことわることもできない。師は那須野をながめわたされ、やがて、句を書きつけられた。関東武者の姿が見えるような句だなと、私が云うと、鹿助の顔がほころんだ。

野間村まできて、鹿助と馬を黒羽の館へ帰らせた。野間から鍋掛をへて、高久まで歩くうち、また雨になった。高久角左衛門という庄屋の屋敷をたずね、館代からの書状を見せて、泊めてもらうことにした。翌日も雨で、高久村にとどまらざるを得なかった。

十八日、夜明け前、地震があった。まだ寝ていた私は、驚いてとび起きた。師は東の空を見て、大したこともあるまいと、おちついておられた。夜が明けると、雨もやんだ。さいわい地震の被害はほとんどなかった。

ひる前、高久の屋敷をたつ。角左衛門が馬を出してくれた。しばらく歩くうち、快晴の空になった。松子村までできて、馬を返した。若い角左衛門は、館代様のお云いつけですから那須湯本まで送りましょうと、そのまま道案内に立ってくれた。夕刻はやく、湯本の温泉宿、和泉屋に着いた。

十九日は、朝から快晴だった。気分がよいので、托鉢に出ることにした。師が、珍しいことだねと、おっしゃった。ええ、せっかく頭を丸めているのですから、ときどきは坊主らしいことをしませんと、とこたえた。実のところ、私には、強いて高久村からついてきた角左衛門の目が、気がかりだった。師と私がただの俳諧坊主にすぎないことを、行動で示しておかねばならない。

宿にもどって、一緒に朝食をとると、角左衛門は、あっさり高久村へ帰って行った。

朝のうち、和泉屋五左衛門に案内され、温泉神社に参詣した。ここの神主は、温泉宿の主人が交替でつとめる慣わしらしい。秘蔵の宝物だといって、那須の与一ゆかりの弓矢や扇を見せてくれた。

それから、温泉のわき出る山の陰で、殺生石を見物した。地中からふき出す毒気のせいで、蜂や蝶がかさなりあって死んでいる。さすが、殺生石という題目の能があることは、私でさえ知っている。世の無常を感じる場所だねと、師がおっしゃった。

二十日、朝霧が流れ、やがて晴れた。ひる前、湯本をたち、うるし塚、小屋村をへて、芦野へと向かう。この間ずっと山中のため、道もよくわからず、おおいに難儀した。こんなとき、鹿助や角左衛門のような道案内がおればと、なつかしげに師がおっしゃった。

芦野の里は、江戸在の旗本、芦野民部の知行地だ。民部も師の弟子にあたる。民部から何度も聞かされた遊行柳が当地にある。どうしても見ておかねばならないと、師はおっしゃった。遊行柳も謡曲にうたわれている。師の敬愛される西行法師も、ここで和歌をよまれた旧跡なのだ。新古今集だったたか。

道の辺《べ》に清水流るゝ柳陰《やなぎかげ》しばしとてこそ立ちとまりつれ

師は長いあいだ、田の畦に立ち、じっと柳を見ておられた。

水せきて早苗たばぬる柳陰

田一枚植《うえ》て立《たち》去る柳かな

はやく白河の関を越えたいと心せく私に、師は、気をつかわれたのだろう。

山刀伐り峠

《主な登場人物》

伊達綱村　・・・・　陸奥国仙台藩主
稲葉正則　・・・・　元老中、伊達綱村の舅
梶定良　・・・・　日光の徳川家光墓所の定番（のちの日光奉行）
桃青　・・・・　俳諧の師、芭蕉庵松尾桃青
曾良　・・・・　河合曾良、おくのほそ道の旅の随行者
大淀三千風　・・・・　陸奥俳壇の中心人物
庄屋　・・・・　出羽国新庄領の堺田村の庄屋
村の若者　・・・・　堺田村の男、峠越えの道案内

元禄二年（一六八九）徳川幕府は、陸奥守伊達綱村に対し、日光東照宮の手伝い普請を命じた。

ここ数年の群発地震のため、神君家康公をまつる日光山の諸社は損傷がはげしく、寛永年間の全面的な建て替え以来の、大規模な改修となることが予想された。

幕府は、譜代大名の筆頭である彦根藩井伊家を総括普請奉行に任じ、東国第一の外様大名、石高六十万石をほこる仙台藩伊達家には、その助役を命じた。

工事の概容は、初代将軍家康公をまつる東照宮と、第三代家光公の霊廟である大猷院、この両山の改修である。それが新造（全面改築）となるか、修復（一部の部材を再利用する修繕）となるかは、手伝い普請を命じられた伊達家にとって、重大な関心事であった。いずれにせよ莫大な負担額が見込まれる。

仙台藩伊達家では家中の全藩士に、向こう三、四年間、給金扶持米の三割を手伝い役金として召し上げる旨の通達を出した。また、京大坂の商人にまで借財を申し入れ、何万両もの資金を調達しなければならない。そのうえで、幕府への工作も必要であろうと考えた。

藩主伊達綱村の舅に、元老中稲葉正則がいる。大政参与という公職を最後に隠居し、このとき六十七歳。伊達家の重臣たちから頼られた稲葉翁は、日光に住む梶定良という、七十八歳の旧知の老人に書簡を送った。

梶は第三代将軍家光の元側近で、主君の没後、家光の墓所である大猷院廟の定番を四十七年間にわたって務める、いわば日光山の主のような存在である。のちに梶の死後、定番職は、日光奉行と名を改められている。

さて、その稲葉翁から梶定番への手紙は、「普請の内容を新造でなく修復に決定してほしい」と、伊達家の本音を幕閣へやんわりと伝えてくれるよう、匂わせるものであった。ところが老練な梶定番は、これを事務的に処理しようと考えた。「仙台藩では新造を嫌っている、そう認識した」と、返書にしたためたのである。稲葉翁も伊達藩主綱村も、この定番からの返書を見て、大いに慌てた。まかりまちがえば、幕府中枢の機嫌をそこねて、藩おとりつぶしの事態さえ招きかねない。

徳川幕府は江戸時代を通じて親藩、譜代、外様合わせ、約二百五十もの大名家に改易を命じている。初期には藩のとりつぶし、藩主の追放、移封、減封あるいは重臣の処刑といった荒っぽい処分がひんぱんに行われた。なによりも、弱冠二歳で藩主の座についた伊達綱村自身が、その十年後いわゆる伊達騒動で改易寸前の危機を経験しており、幕府介入の恐ろしさを熟知する大名といえた。

結局、日光の普請は新造でなく、修復と定まった。さすがの幕府も、東照宮の普請を円滑に進めたかったのである。仙台と江戸の間では、情報収集のために、さまざまなルートが利用された。稲葉翁などはいわば表のルートであり、密偵、探索方のような秘密の民間ルートも、双方から繰りだされた。

江戸深川在の俳諧師、芭蕉庵松尾桃青が門人曾良を伴って、奥羽行脚の旅に出たのは、ちょうど日光の修復工事が始まる、元禄二年のことであった。

当年はまた、西行法師五百年忌にあたる。平安末期の大歌人西行は陸奥地方を二度も旅しており、西行に心酔していた桃青は、この遠忌をつよく意識した。西行の詠んだ東北の歌枕を巡れば、おのれの俳境を高めることができるかもしれない。俳諧師桃青には、心中期するものがあった。

弥生三月の下旬、江戸深川を出発した芭蕉庵一行は、順調に北へ向かって歩きつづけ、武蔵の国をはなれて下野の国に入ると、四月一日、はやくも日光山に到達した。

正午近く、雨があがった。桃青曾良のふたりは、御三家の一つ水戸家ゆかりの養源院へと出向き、江戸浅草の清水寺から預かった書簡を届けた。それは幕閣に直結する、きわめて機密性の高い通信であった。ただし、少なくとも桃青は、この書簡にほとんど関心を抱いていない。

当時、日光東照宮は一般に公開されておらず、特別な許可を得なければ拝観することができなかった。彼らは参詣を認めてもらうため、江戸清水寺からの紹介状を携えて、まずは養源院に立ち寄ったのである。

同じ時刻、ちょうど、東照宮の別当寺である大楽院に、おおぜいの先客があった。修復工事の開始が近づいたため、襖絵を写し取るべく、江戸から狩野派の絵師たちが打合せに訪れていた。画家の一行が立ち去ったあと、午後おそく、ふたりは参詣を許された。

あらたふと青葉若葉の日の光

桃青の句は、日光のお山はなんと尊いのであろう、と賞嘆してみせている。

ここから先、ふたりには、仙台藩の密偵による尾行がつくこととなった。


奥羽行脚の第一の御用である日光参詣をすませた芭蕉庵の一行は、白河の関を越える前後、まだまだ先の長い旅にもかかわらず、とつぜん歩みを遅らせた。

信濃守大関家の領地、黒羽には十三日間滞在し、館代（城代家老）から手あつくもてなされた。白河の関を越え陸奥国に入っても、気がおけない俳友が駅長を務める須賀川の宿で、七日間一カ所にとどまった。

俳諧師桃青は、地元の武士や商家や名主らとの俳諧連歌の席に列し、物語や和歌集に詠まれた名所旧跡を訪ね、おだやかな日々をすごした。一方、随行の曾良はといえば、ときおり師のもとをはなれ、托鉢僧のふりをしながら、秘密の連絡が届くのを待った。幕府筋の御用が、まだ一つ残っていたのである。

仙台藩内では、日光普請のため、まもなく人足の徴発（動員）が本格化する。芭蕉庵一行は城下に入って、徴発の様子を直接目撃して記録し、その報告書を江戸へ送り届けなければならない。

江戸でこのような御用を受けるにあたり、神道家の曾良は、俳諧の師である桃青を適任者として推薦した。二十年前、芭蕉庵桃青こと松尾宗房は、故郷伊賀上野から江戸へ出、日本橋小田原町に住んで俳諧師として活動するかたわら、生業として数年間、神田上水の浚渫工事を請け負ったという実績があった。すなわち人足の徴発に関して、桃青は経験豊かな土木専門家なのである。

五月四日（陽暦六月二十日）夕刻、芭蕉庵一行は、仙台城下に入った。

翌朝、桃青曾良それぞれ紹介状を携えて、俳諧愛好家と思われる藩士の役宅を訪ねた。ところが、いずれでも居留守を使われ、面会を断られた。ふたりの仙台入りは探索方から逐一、藩に伝わっており、家中に注意をうながす触れ書きがまわっていたのである。

ならばと、陸奥俳壇の大立者である、三千風の居所を探した。大淀三千風は、伊勢国生まれながら仙台に十五年間以上滞在する著名な文化人で、藩主伊達綱村のすすめる歌枕の史跡指定や整備事業にも大きく貢献してきた。過去に江戸の桃青とも交流があった。ところが、このころ彼は全国行脚の旅に出ており、残念ながら仙台にいなかった。

あちこち尋ねまわったあげく、ようやく俳書の版元を名乗る男と出会うことができた。ふたりは四日間仙台に滞在し、城下の名所旧跡を案内してもらい、たくさんの土産物をもらうと、北の松島さらに平泉へ向けて出立した。もちろん曾良も、自分たちが伊達家の監視下にあることは、うすうす感じていた。それでも無事に御用を果たすことができたと、安堵して仙台の城下をはなれた。


平泉で藤原三代の栄華の跡を偲んだ芭蕉庵一行は、それより北へは向かわず、西方の出羽の国へ出ることにした。

五月雨の降のこしてや光堂

尾花沢や酒田の地には、桃青の俳友、門人が多い。また出羽三山も象潟も、いちどは訪ねてみたい聖地であった。

十四日、一ノ関を発ち、岩出山に泊る。

翌日は小雨のため、難所とされる近道を断念し、尿前の関を抜ける中山越のコースを選んだ。関所では陸奥からの出国手形を用意しなければならない。ここの取調べが思いのほかきびしく、通りぬけると、夕刻近かった。庄屋宅を紹介されたふたりは、やむなく堺田村で、宿を借りることにした。

裏手に清水が流れ、和泉屋敷という風流な名で呼ばれる農家であった。ふたりは知らなかったが、堺田の庄屋は、仙台藩の探索方に近しい人物であった。

庄屋が云った。

「こんどの峠に、道らしい道はありません。けれども、ナタで伐りひらきながら進めば、ひる過ぎには尾花沢へ出られましょう」

「山中で、迷うことはありませんか」

曾良が問うと、庄屋は笑った。

「いやなに。村の者に案内をたのめば、大丈夫ですよ」

堺田村には、大雨で二夜とじ込められた。

蚤《のみ》虱《しらみ》馬の尿する枕もと
三日目の朝は快晴になった。村の屈強な若者が、和泉屋敷まで迎えにきてくれた。腰には大きな山刀をさげている。

うっそうと木々が生い茂る山越えで、枝や蔓草を伐りはらいながら、若者は、ときどき後ろを振りかえった。桃青も曾良も、不安をおぼえ始めた。

「どうかしましたか」

「ここらは、めったに人が通らんでなあ。獣も、山賊もおる。ぶっそうな峠よ」

村の若者に姿をかえた仙台藩の密偵は、にこりともせず、そう云った。

呂丸聞書

《主な登場人物》

語り手（私）……呂丸（近藤左吉）、手向村の染屋、羽黒詣の案内人

蕉翁……俳諧の師、芭蕉庵松尾桃青

曾良……河合曾良、おくのほそ道の旅の随行者

円入、珠妙、釣雪……いずれも羽黒山に滞在中の僧侶

会覚阿闍梨……羽黒山若王寺の別当代（代表代行）

梨水……羽黒山の宰相

光明坊……羽黒山の修験坊の主

六月三日（陽暦七月十九日）、本坊若王寺のご用をすませ、夕刻、手向村の染め場にもどってみたら、思いがけなくも蕉翁と曾良さんが、私の帰りを待っておられた。

初めてお目にかかるとはいえ、江戸の蕉翁のご高名は、ずっと前から存じあげている。お二人は羽黒山の別当代様にあてた、一栄さんからの紹介状を持参しておられた。大石田の船問屋一栄さんとは、俳諧をとおしてふだんから交流がある。

私はさっそく本坊へとって返し、書状をとどけ、また家に帰って、宿坊として指定された南谷別院の紫苑寺跡へお二人を案内する。祓い川にかかる神橋をわたる頃には、もうすっかり、あたりが暗くなっていた。

南谷の別院とはどういう寺院でしょうか、と蕉翁から問われて、別当代様のご隠居所でございます、と答える。

その夜、京からおいでの釣雪さんが、蕉翁ご到着の噂を聞きつけて、南谷をお訪ねになった。旧知の間柄で、思いがけない再会だったらしい。羽黒のお山で会えるとは思いませんでした、と蕉翁もたいそう喜ばれた。

翌日は上々の晴天になった。昼どき本坊の若王寺へ、蕉翁と曾良さんを案内する。別当代の会覚阿闍梨がお出ましになられ、私も同席して、蕎麦切りをよばれた。食事後、庭におりて、しばし散策する。阿闍梨も釣雪さんもそして蕉翁も、かつて京の都で仏道修行に励まれたご縁があるので、思い出話に花が咲いた。

ほどなく、近くの御坊から俳諧の連衆がおそろいになって、三十六句の歌仙を巻く。南部藩から代参でお越しの珠妙さんや、江州の円入さんにも、ごあいさつを申し上げた。

蕉翁の示された発句は、南谷を下五に詠みこんださわやかな挨拶句で、座の雰囲気を和らげる。感心し切っていたら、呂丸さん、脇句はあなたが付けてくださいと蕉翁から指名される。予期しない光栄なことで、大いにあわてた。第三は釣雪さん、そのあとを珠妙さん、さらに宰相の梨水様がお詠みになる。夜も遅くなるというので、この日はいったん表六句だけで、座を閉じる。それからまた、お二人を南谷の宿舎へと案内した。

次の日は、朝のうち小雨が降って、昼から晴れた。お山の定法にしたがい、私たちは朝から断食し、夕刻まず、出羽三山の第一、羽黒権現に詣でる。その後本坊にもどって、俳諧を詠みつぎ、一ツ折まで句を連ねた。

六日は雲ひとつない碧空の下、いよいよ月山に登る。強清水、平清水をへて、七合目の高清水まで馬が荷を運んでくれるので、気をつかわれてか蕉翁は、たびたび馬方に話しかけられる。八合目、弥陀ケ原の湿原を通り抜けるとき、珍しいコウホネやキスゲの黄色の花を見かけた。秋になれば草紅葉もきれいだよ、と強力が自慢げに云うのが、何だか可笑しかった。このあたりから上に、もう樹木は生えていない。私たちは石積み小屋でひと休みして、素麺とあん餅を食べた。

奇岩巨石の補陀落、濁り沢から、御浜池、仏生池などの見どころをへて、行者戻しとよぶ九合目あたりまで、谷の万年雪を踏みしめながら、急勾配の岩場の難所を登る。ときおり、難行苦行をつむ山伏の姿を見かけた。さいの河原で曾良さんが、先年なくした子のためと云って、石を拾って五輪塔をつくる。蕉翁は、これほど高い山は初めてです、とおっしゃりながらも、存外お元気である。

午後まだ明るいうち、月山の頂上に到着する。ひとまず月山権現の御室にお参りし、行者宿の角兵衛小屋に入った。お山の頂が雲におおわれていたら、夕陽を背にして立ってみてください。雲に映った自分の影のまわりに、虹の環を拝むことができますよ、とお教えしていたのに、まったく晴れわたって、ご来迎を拝むことはできない。曾良さんが心底口惜しがった。それでも、ほらご覧なさい、はるか遠くの鳥海山まで望むことができますよ、となぐさめる。岩に腰かけた蕉翁が、これだけ雄大な天地を眼前にすると、俳諧なんぞ詠めませんな、としみじみおっしゃった。

その夜は土間に笹を敷きつめ、上にムシロを並べて寝床をこしらえると、遅くまで三人で話しこんだ。子どもの頃、鶴ケ岡の親戚に泊めてもらい、としの離れた従兄から、新奇な遊びをいろいろと教えてもらったことを思い出した。

俳諧の本質に話がおよぶ。日ごろ点取り俳諧にもの足りなさを感じていた私は、お山の姿を思い浮かべながら、天地固有の俳諧がありましょうか、とたずねる。天地固有、天地流行どちらの俳諧もあります。姿は千変万化するとも、その心は永遠不易です、と蕉翁が答えられる。風俗流行の俳諧もありますね、と曾良さんが云う。蕉翁はうなずかれ、変化はこの道の花にして、風雅の誠です、と定められた。浅学の私にさえ、それは貴重な教えだと知れた。歌道における、古今伝授のごときものではないかしらん。

さらに問う。染物の家業を弟にゆずって、俳諧で身を立てたいと考えているのですが、私に出来ましょうか、と。法衣は山伏にとって大切なものです。そのうえ、あなたにはまだ幼な子がおありでしょう、と曾良さんから反対される。蕉翁はただ、風雅の道は孤独ですよ、とおっしゃった。孤独ですか、とたずねると、俳諧は詠み捨ての文芸ですからね、とお答えになった。それゆえ、座、人の集まりがあるのでしょう。

翌朝はやく角兵衛小屋をたち、湯殿山へ向かう。谷のかたわらに鍛冶小屋がある。むかし刀鍛冶が精進潔斎し、月山と銘のある剣を打った所、と伝えられている。ここから道を南へ降りれば、本道寺や岩根寺に達する。私たちはむろん、西方へ湯殿のお山をめざす。やがて牛首にいたる。里では見かけない、ミネザクラのつぼみが開きかけている。蕉翁にお知らせすると、足をとめて眺められた。

この先に装束場がある。近くで水を浴び、汗と俗世のけがれを落とす。白装束はいわば死出の旅支度でございましょうな、と神道にくわしい曾良さんが云う。すこし歩いて、草鞋も脱ぎかえる。頭をつつむ宝冠をなおし、ユウシメとよぶ輪袈裟を首に掛けたら、本当に死装束のように思われた。さあ参りましょう、と蕉翁が決然とおっしゃった。

湯殿権現に下る。御前のことは、定法にしたがって、あれこれ語ることができない。ただ、ご神体が湯の湧きでる大岩であることくらいは、語っても許されよう。湯殿山の御前は生命の源だと、古来云われている。修験者も道衆もいちど月山で死んで、湯殿山でふたたび命を授かる。

御前から、お山の参拝口にある、注連掛口の注連寺、大網口の大日坊へ降りたら、鶴ケ岡へ出られるが、それはまた別の話である。

出羽三山を巡拝するには、荷を運んでくれる馬方や強力に、それからまた、途中の掛け茶屋や山頂にある石積みの宿、装束場といった所で、たびたび役銭散銭が入り用になる。ところが、湯殿山から帰るさい、金銭を持ち帰ることはできないし、うっかり地に落とした一文銭を拾うことすら許されない。それが法というもので、だから、湯殿山の奥には足の踏み場もないくらい、銭が落ちている。これを見た曾良さんがたいそう面白がって、何やら発句をこしらえた。

昼ごろ月山まで帰る。四合目の強清水で、昼食をとる。南谷からここに弁当を持ってきてくれるよう、光明坊へ手配しておいた。三山詣りでは、この接待も定法の一つで、逆迎えと呼ばれる。

日が暮れて南谷にもどった。さすがにお二人とも、ひどくお疲れの様子で、私も早々に手向の自宅へひきあげた。

八日、朝のうち小雨が降った。蕉翁のお疲れがはなはだしいので、この日は南谷でゆっくりと静養していただく。とはいえ、蕉翁の体調を心配された別当代様がわざわざ別院へ見舞いに来られ、夕刻までとどまられて、俳諧のこと仏門のこと、はてはご政道のことまで、じっくり話しこまれた。

次の日は朝曇りして、暑くなった。下山後の定法にしたがい、断食し、シメを納めてから、昼食に素麵を召しあがっていただく。

そうこうしているうち、飯やご酒を持ってまた、会覚阿闍梨がお越しになる。俳諧の連衆も一人二人とおみえになり、歌仙の続きを巻く。多少お酔いになった会覚様が名残の花の句を、梨水様が挙句をお付けになって、ようやく歌仙を巻き終えた。しまいに、発句ばかり四句出来ました、と曾良さんが自作を披露して、句座を納めた。

翌朝、円入さんのお仲間で正行坊とおっしゃる僧が、南谷別院に立ち寄られ、しばし近江俳壇の噂ばなしをされる。昼前、蕉翁と曾良さんは、本坊へ別れの挨拶に出向かれる。蕎麦切りをよばれ、茶やご酒も出て、ゆるりと午後のひとときを過ごされた。

いよいよお二人が、お山を去られるときがきた。円入さんが杉並木の参道を下って、五重塔をへて、大杉根まで見送られる。祓い川の橋を渡るとき、曾良さんが河原におりて手を清める。手向の私の家で馬をひき出し、蕉翁だけお乗りいただく。釣雪さんは、さらに正善院の黄金堂まで見送られた。

私は鶴ケ岡まで、お二人に同道する。小雨に降られたものの、濡れるほどでもなく、夕刻、私の縁者である長山重行の屋敷に着く。蕉翁はやはりお疲れの様子で、粥だけを所望されて、いったんお寝みになった。夜に入って、当地でも俳諧の興行を催す。その日はときも遅いというので、一巡して終わる。なるほど俳諧師とは、つらい稼業である。

市振の女

《主な登場人物》

語り手（私）　……　河合曾良、おくのほそ道の旅の随行者

桃青　……　俳諧の師、芭蕉庵松尾桃青

二人の女　……　新潟から伊勢参りへ行く途中の遊女

下男　……　二人の遊女を市振の関まで送ってきた老人

七月十二日（陽暦八月二十六日）。朝から快晴になった。暦のうえでは夏の終わりに近いというのに、連日耐えがたいほど蒸し暑い日が続いている。出羽の酒田を出てからずっと海沿いの道を歩きとおし、私も師も、疲労こんぱいしていた。

一昨日、午後になって俳諧連歌の会に誘われ、どうしても断りきれず、三十六句の歌仙を一つ巻いた。それで、宿にもどるのが夜遅くなってしまった。だから昨日は、朝十時頃ようやく高田の宿を出立し、能生に着く頃にはすっかり日が没していた。もっと早く出発したかったのだけれど。

昨日の犬戻りにつづき、今日は、子知らず、駒返し、親知らずなど恐ろしい名のついた、北陸道でも一番の難所を越えた。このあたり飛騨山脈の北端に位置し、日本海へ落ちこむ断崖の難路が続いている。朝のうち、早川という所で師がつまずかれ、衣類が濡れてしまった。川原の木にひっかけて乾かし、しばらく足を止めざるをえなかった。

正午前、糸魚川に着いた。荒屋町の左五佐衛門方で休憩し、ここで、大聖寺の祖拙禅師からの言伝てを受け取った。ご母堂は無事に帰着され、かの地で平安に暮らしておられるらしい。「加賀にお越しのさいは、必ずお立ち寄りください」と、書き添えてあった。

夕刻まだ明るいうち、ここ市振の関に到着し、桔梗屋という小ぎれいな宿に入った。師も私も疲れ切っていた。祖拙禅師への短い手紙をしたためると、湯上りにほんのすこし庭へ下りて萩や月を愛でただけで、早いうちに寝床へ入って、枕を引き寄せた。

小一時間ほど経った頃だろうか。寝汗をかきながらうとうとしていたら、一間隔てた西表の部屋から、女の話し声が聞こえてきた。若い女が二人ひそひそと話し合っているらしく、そこへ、ときどき年老いた男の声が交じる。聞くともなし聞いているうち、目が冴えて、眠れなくなった。横にならべた床をうかがうと、師も同じように目を覚まされたらしく、枕の上でちょっと頭を動かされた。

話を聞けば、二人の女は、越後の新潟という所からきた遊女らしい。遊女の旅とは妙だなと不思議な心持ちがして、しばらく耳を傾けた。伊勢神宮へお参りしたいとにわかに思い立ち、里を出てきたと、云っている。抜け参りなのだろう。神宮では今年が二十年に一度の式年遷宮の年にあたる。一生に一度めぐりあえるか否かのめでたい年まわりなのだ。あんがい郭の主人が奇特な人物で、国ざかいの関所まで遊女たちを見送るようにと、下男に付き添いを命じたのかもしれない。

朝になれば、下男は遊女たちと別れ、里へ帰って行く。女たちは通行手形を用意しているものの、無事に関所を越えられるかどうかと心配した。なんでも越中の薬売りから、関所の身もと改めが厳しいことを聞かされたらしい。私たちが高田の旦那衆から聞いた話では、市振の関は、それほど面倒なお改めではない。しかし、女の出国ともなれば簡単に済まないのかもしれない。関所を通らず、半日かかっても山越えの抜け道へ遠回りする方が得策かもしれないと、老人が云った。遊女たちはため息をもらした。

年かさらしく声に艶のある遊女が、里へ帰る男にあれこれと言伝てを頼んでいる。同輩の誰彼に、身の回りのこまごました注意を与えるつもりらしい。ときどき妹分らしい遊女のほうが、その件なら手紙に書き留めたから大丈夫ですと、口をはさむ。下男がもぞもぞ音を立てて袋から手紙を取り出し、月明かりで確認する様子が知れて、几帳面な一行だなあと、可笑しくなった。師も同じように感じられたらしく、含み笑いの声をもらされた。

遊女二人と老いた下男、いつまでも話し続けているうち、若い方の遊女が泣きだした。断崖の道から沖合いに浮かぶ釣り舟を見かけたとき、生まれ故郷を思い出したのだという。漁師の父が海で遭難し、命をおとした。母も亡くなると、弟妹を親戚に託して、自ら苦界に身を沈めた。幼馴染に好きな男がいたが、その恋も諦めざるをえなかった。何の因業なのかしらと、若い遊女はさめざめ泣いた。

師が私の方を向いて、「江口の遊女の話」を知っているか、とくぐもった声でお尋ねになった。私は、はいと小声で返した。雨に遭った西行法師が江口の遊郭で宿を求めて、遊女から断られるという説話だ。二人の問答は新古今集にも採られている。歌を思い出そうとしたけれど、浮かんでこなかった。

年かさの女にとっては、何度も聞かされた身の上話なのだろう。ときおり相槌を打つだけで、深く立ち入ろうとしない。云っても詮ないことと、賢明な女は諦めている。老いた男の声が、参宮できることの幸せを説いて、泣きやまない遊女を慰めた。そんな繰り言を聞いているうち、いつしか眠りにおちた。

翌朝まだ暗いうちに目が覚めた。先に厠へ行かれた師が、晴れそうだよと、おっしゃった。私も厠で用を足すとき、窓から明け切らない空を見上げた。雲の影ひとつ見えなかった。部屋にもどると、師が着替えを始められたので、あわてて荷物をまとめにかかった。物音を聞きつけたのか宿の女がやってきて、そろそろお発ちですかと尋ねた。お天気になりそうで良かったですねと、云い添えた。

おおかた荷造りを終え、部屋を出ようとしたところへ、開け放した障子の陰から、昨夜寝物語に聞いた遊女の声がした。もうお出かけですかと、問うてきた。ええ、早く関所を越えて越中の国へ入りたいのでねと、姿の見えない相手に向かって、私が答えた。

年かさの遊女が姿を現わした。後ろに妹分の遊女も控えている。下男の姿は見えない。私どもは旅慣れない遊女の二人旅ですと、女は名乗った。声だけ聞き知っていた年かさの女が、あまりに美形であることに、私は驚いた。肌の色が新雪のごとく白い。師も同様に感じられたらしく、畳から離れかけた腰を、また落ち着けてしまわれた。

どこまで行かれるのですかと訊かれて、越中から加賀、越前、近江を経て、美濃へ向かう旅だとこたえた。そこから伊勢までは近いのでしょうかと、妹分の遊女が尋ねてくる。師は、そうだねと返答されてから、大垣に落ち着いてひと休みしたら、そのあと伊勢参宮も悪くないねと、私におっしゃった。

年かさの遊女が云った。私どもも伊勢にお参りするつもりです。ですが、なにぶん二人とも他国へ出た経験がなく、伊勢までたどり着けるかどうか不安で仕方ありません。昨日宿にお着きになった姿を拝見したときから、お坊様なら安心だし旅のお供をさせていただけないものかと、思案しておりました。勝手なお願いとは存じますが、同行させていただけませんか。そう言った。

たしかに私たちは法衣をまとい、坊主の格好をしている。けれども、これは旅に便利だからしている仮の姿であって、本物の僧侶ではない。師は江戸や京で名を知られた、えらい俳諧の宗匠だし、私は事情あって師のお世話をしているが、もとは武士なのだ。そう告げたかったが、早暁からそのような面倒な説明をするのは、気のひけることだった。

思いは師も同じだったらしく、私たちは、あちらこちら神社仏閣を見て歩くのが目的の旅をしていてね。歌枕のような名所旧跡があれば脇の道へ逸れるし、路銀がさびしくなれば物乞いのように托鉢に廻らねばならない。それに、加賀の山中温泉でのんびり湯につかって幾日も逗留するかもしれないと、やんわり断りを口にされた。

それでも一向にかまいません。道中、前や後ろを見え隠れしながら歩きます。どうかご一緒させてください。女ばかりの二人旅、まして遊女の身の上ですから、世間からどのような仕打ちを受けるか、想像もつきません。後生ですから、仏様のお慈悲を私どもにかけてやってくださいまし。そう云うなり、遊女二人、涙を落とすのだった。

涙に心動かされた私には、不憫なことに思われた。もし同行すれば、旅に障りがあるだろうか。逡巡していると、師が、きっぱりと拒絶の言葉を口にされた。

申し訳ないのだがね。いま云ったように、私たちは神社仏閣を観て廻りたいし、先々で会う約束をしている人も少なくないのだよ。幸い伊勢参りの人は多い様子だし、犬だって参宮すると、そんな噂を聞いたことがあるよ。同じように伊勢を目指す人を見つけて、後をついて行けばきっとたどり着けるだろう。

師の言葉を聞いた遊女たちは、しおれたように引きさがらざるを得なかった。私は、請け合った。お前たちは苦労して生きてきたのだもの、道中きっと神明のご加護があるよ。市振の関所は一緒に越えようじゃないか。もしお役人が何か厄介なことをおっしゃるようなら、口添えしてやろう。

師と私は懐から通行手形を出しただけで、すんなり関所を通ることができた。お役人はちらりと手形を見ただけで、行く先をお尋ねにもならない。後ろをついてきた二人の遊女は、奥の建物へ導かれ、衣装改めを受け、いくらか金子を差し出さねばならなかったらしい。越中側で小一時間待った私たちは、ずいぶん心配させられた。それでも越後から出られた遊女たちは安心し、私たちの姿を見つけると、何度も頭を下げて礼を述べた。

それじゃ達者でな。また、どこかで会いましょう。師はそう云うなり、さっさと歩き出された。私は、遊女たちの旅の苦労を想像して、しばらく哀れな気分が消えなかった。

ふと見上げると、東の空に七色の虹がかかっている。気づいてお知らせすると、師はおっしゃった。朝から考えていた発句ができたよ。忘れないうちに、書きとめておくれ。

一家《ひとつや》に遊女もねたり萩と月

幻住日記抄

《主な登場人物》

語り手（わたし）……幻住庵に隣接する八幡宮の宮守
桃青……俳諧の師、芭蕉庵松尾桃青
菅沼曲水……近江国膳所藩の重臣
高橋喜兵衛……曲水の弟、幻住庵の管理責任者
洒堂……近江国膳所の医師、浜田洒堂
ごん助……洒堂家からの使いの者
乙州……大津の荷問屋河合の若主人
六べえ……河合家からの使いの者
隠桂、支考、路通……いずれも桃青の門人ないしは入門志願者

卯月六日（陽暦五月十四日）。雨のなか、修復なったばかりの幻住翁ゆかりの庵に、あらたに人が入られた。八年ぶりだろうか。

膳所から石山寺詣りがてらに案内してこられた医師の洒堂さんによれば、江戸で名を知られる、俳諧のお師匠らしい。伊賀上野の生まれで、桃青さんとおっしゃる。

「菅沼さまから、うけたまわっております」

「見てのとおり、僧侶のなりこそしておりますが、心経も満足に読めぬような、だらしのない老人です。しばらく厄介をかけます」

十日。朝はやく、同宿しておられた野水さんとおっしゃるご門人が、ほととぎすの声に送られて、立ち去られる。まもなく高橋喜兵衛さまが、おともの人を連れ、国分山に上ってこられた。

「兄曲水から、留守中しっかりお世話申し上げるようにと、きつく命じられております。ご入用の物があれば、なんなりとお申しつけください」

「この静かな山の暮らしが、何よりのぜいたくですよ」

高橋さまがお帰りになったあと、桃青さんは笑って、こうおっしゃった。

「立派な筆を二本もちょうだいしましたよ。ところが、このところ紙のほうが不如意でしてな。不用の反古でもあれば、わけていただけませぬか」

八幡宮のほうで、正月、紙垂《しで》に用いた紙の余りがあったので、お持ちする。すると、さっそくそれらを貼りあわせ、美濃大垣のお弟子へ、文をしたためられた。

十六日。膳所の洒堂さんのところから、使いのごん助がきた。小提灯、ろうそく、線香といった、こまごました日用品のほか、米、塩などの食料がとどいた。小提灯は、夜おそく山を下りて遊びに出かけるのに、都合がよいのだとか。そういえば、いちど、ふもとの小川で足をとられて転倒された。

「ありがたいことです。たいへん喜んでいたと、洒堂に伝えてください。ああそれから、喜兵衛どのにも、新しい紙のお礼をな」

二十二日。ひる近く、山を下りて大津へ向かわれる。荷問屋の河合から招かれて、一、二泊なさるおつもりらしい。

「山の暮らしは蛇や百足とのたたかいだと、つくづく思い知らされました」

庵のまわりに生い茂る、よもぎや根笹。狐や狸がうろつくけはい。屋根の雨もり。きつつきが幹をつつく音にさえ、近ごろ辟易しておられたので、よい気ばらしになろう。

「名物の茶団子を買うてきてくだされ」

二十三日。隠桂と名のる乞食坊主が、昨日から、八幡宮境内で勝手に寝泊りしている。俳諧をやる人らしく、桃青さんの帰りを待つという。処置に困って、ご沙汰を仰ぐため、高橋さまの屋敷へ使いをおくった。

二十四日。ひる過ぎて、桃青さんが国分山にもどられた。ときを合わせて、喜兵衛さまもおこしになる。

おふたりで庵にこもって内談されたあと、高橋家のお人が、罪びとを引っ立てるかのごとく、隠桂坊主を城下へと連れて行かれた。

「膳所の義仲寺にいた頃から、ちょくちょく顔を見せるご仁でしてな。弟子にしてくれ、同宿して身のまわりの世話を焼かせてほしいと云って、きかなかったのです。ちと怪しい男で、なにやら盗みぐせがあるとも聞きおよんでおります。ほとほと困りはて、喜兵衛どのにご相談申し上げました」

「あやつはどうなりますか」

「他国から来た無宿人ということで、おそらく遠方へ放逐となりましょう」

「ちと可哀そうな気もします」

「うむ。弟子もいろいろとおりましてな。茶入れ騒ぎの路通といい、支考といい、ほんとうに困ったものです」

茶入れ騒ぎについては、のちに、たびたび国分山に上って来られるようになった支考さんから、あらましを聞いた。

今年初め、菅沼のお屋敷に、桃青師と門人の俳諧衆が招かれたおり、高価な茶道具の壺がなくなった。支考さん、路通さんのお二人に疑いがかけられ、けっきょく、路通さんが江戸へと逃げてしまわれた。

皐月七日。大津の荷問屋河合から、使いの六べえがきて、うすい藍染めの浴衣と真新しい下帯がとどいた。ご母堂の智月さまが、手ずから縫われたものだとか。

乙州さんからの添え状に目をとおすや、桃青さんは小首をかしげられた。

「女人というものは、幾つになられても、色気を失われませんなあ。おまけに、あの才覚ですから」

天候よし。六べえが来たので、うち揃って奥山にわけ入る。背の高い松をえらんで、横に張った枝を利用して棚をしつらえ、そこにわらで編んだ円座を置いた。

「猿の腰かけ、と名づけましょうかな」

琵琶湖の眺望、絶景この上なし。比叡、比良の高い山から始まって、大津の辛崎の松に霞が立ちこめ、膳所のお城や瀬田の唐橋はもちろん、湖に浮かんだ小舟から垂れる釣り糸さえ見える気がした。

十三日。京から、待ち望んでいた扁額がとどいた。筑紫の寂源僧正とおっしゃる書道家が、賀茂の神官のご子息だというご縁をたよって、このたび『幻住庵』の三文字を揮毫していただいた。

「どこに掛けましょうかな。このあたりでございましょうな」

桃青さんのたいそうなはしゃぎぶりに、口添えしたわたしも、鼻が高いというものだ。大切にしておられる、木曾のひのき笠と越路の菅蓑を、柱からはずしてしまわれた。

「喜兵衛どのをお招きして、お披露目をせねばなりませんなあ。江戸の曲水どのにも、さっそく手紙で知らせましょう」

水無月六日。桃青さんはまた山を下りて、京へ出かけられる。

「このたびは、新たな撰集の相談でしてな。ちと長く、凡兆と申す者のところに、滞在するつもりです」

「みやげなら、漬物よりも、黒谷の八ツ橋を買うてきてくだされ」

十九日。早朝、京から桃青さんがおもどりになり、美濃大垣の如行さんがついて来られた。一泊なさる。幻住庵が、ほんとうに人里はなれた山の中にあることに、たいそう驚かれたご様子だ。桃青さんはさっそく、れいの猿の腰かけへと案内される。

ふたりはたき木を拾い、谷の清水を汲み、庭のおおきな椎の木蔭で、夕飯の仕度を始められた。あまりに涼しげなので、わたしも米を持参し、連衆に加えていただく。

「不易と流行の説をお聞かせください」

「奥羽の旅からもどって、それを深めたいとねがって、山にこもっておるのですよ」

「ここは退屈ではありませんか」

「困ったことに、訪ねてくる者が多くて、静かにものを考えることができません」

二十日。大坂の何処さんが、加賀からお帰りになる途中、汗をふきふき、国分山まで上ってこられた。ご門人からの手紙をたくさん預かってこられたそうだ。

「刀研ぎの牧童、北枝のところは、死人が出なかった様子で、安堵しました」

金沢では三月十六日の大火のあと、いまだ混乱がつづいており、住む家もない人が多いという話だ。

商用で金沢に滞在しておられる、乙州さんからの手紙は長文のもので、桃青さんの気がかりの種らしい。

「わたしも若い頃は、あれこれ迷うことばかりでしたよ。伊賀で仕官の口をもとめ、京に出て仏門修行の真似ごとをしたこともあります。そうして、いまは、大して才もないと思われるのに花鳥風月にうつつを抜かし、幻の住みかにおるのです」

二十七日。高橋喜兵衛さまと洒堂さんが、国分山まで上ってこられた。ごん助もついてきて、あらかじめ頼んでおいた、つや紙、短冊、たばこ、下駄などがとどいた。ごん助の話だと、ふもとの豆畑が、すっかり兎に荒らされていたと云う。

明日は皆さんで、唐崎明神を参詣される。わたしも同道するよう誘われた。

文月十日。膳所の正秀さんから、贈りものの茶筒がとどいた。使いは六べえで、はったい粉を持ってきてくれた。ごん助といい、六べえといい、このところ国分山との間の往復が多い。

「行く先ざきで駄賃をもらえるから、喜んで往き来してるよ」

十四日。盂蘭盆会を一緒に供養したいと云って、遠方から、ふたりのご門人が国分山に上ってこられた。名古屋の越人さん、福井の等哉さんと、名をお聞きした。

「途中で見かけた三上山が、美しゅうございました。近江富士と呼ばれておるそうで」

十七日。京の医師、去来さんから文がとどいた。俳諧の連句に点をつけるコツをたずねてこられたらしい。

「初心がちの作に対する評点などは、力を入れすぎないほうがよいのです」

二十三日。幻住翁の庵を引きはらって、桃青さんが、国分山から下りられる。

役人への届け出は、高橋さまのおはからいで、庄屋さまのところで済ませればよいことになった。

草庵の門を出られるとき、蓑と笠を壁からおろして渡そうとすると、桃青さんはおっしゃった。

「きょうも暑うなりますな。笠だけかぶることにしましょう。菅蓑と不易の心は、幻住庵に置いて行きます」

落柿舎守与平語り

《主な登場人物》

語り手（わたし）……与平、落柿舎の守番
旦那さま……中長者町の医師向井去来、落柿舎の所有者
用人はん……向井家の用人
お師匠……俳諧の師、芭蕉庵松尾桃青
凡兆はん……さわらぎ町の医師野沢凡兆
羽紅さま……凡兆の妻
本福寺、史邦、丈草、乙州、明昌寺、其角、杜国、曾良
……いずれも芭蕉庵桃青の門人たち

卯月十八日（陽暦五月十五日）。今日は朝から忙しい。久しぶりに中長者町の旦那さまがおみえになるというので、隣の臨川寺の男の手も借りて、迎えの仕度に大わらわだ。

ゆうべ届いた文によれば、二年前にも逗留されたことのある、俳諧のお師匠をお連れになるらしい。どなたであれ、来られる人があれば、やはりうれしいものだ。

庭の草引きを切りあげて、家の中に入って食器や包丁をなおしていたら、裏木戸のあたりから、与平はん、与平はん、と呼びかける声がした。

表にまわれば、立派な瓦葺きのご門があるけれど、いまやすっかり朽ちはて、御所のやんごとなきお方から屋敷をゆずり受けられたとき、旦那さま自ら閉じてしまわれた。

「与平はん、草庵にいてるのか」

「いいえ。表の厨におります」

旦那さまはずっと、表の屋敷を捨て庵、わたしの住む裏の離れを草庵と、たわむれに呼んでこられた。ところが最近、捨て庵では風情がなかろうと人から云われて、表の屋敷を落柿舎と名づけられた。前の年、大風で柿の実がすっかり落ちてしまったところから、おもいつかれたらしい。

「旦那さま、えろう早いお着きどしたなあ。まだ、ちいっとも仕度ができてしまへん」

「ああ、かまへん。まだこれから、天龍寺さんへ脚をのばすさかい。荷ィがようけあるし、受けとっておくなはれ」

裏口へ出てみると、おおきな包みをお供の人が抱えておられた。

「おいでやす。用人はんもご一緒どしたか。それにまた、たんとのお荷物で」

ご用人がおっしゃる。

「与平はん、ご無沙汰でしたな。今夜の泊りは、俳諧のお師匠さまと、旦那さまと、それにあたしですよってな」

「凡兆はんは」

「さわらぎ町へ、いにはるそうや。明日の朝、往診しはるて」

「せわしないことどすなあ。ほなら、三人さんどすか。わたしはまた、俳諧のお師匠さまだけやと、おもうてました。こらあ、えらいこっちゃ。蒲団、干しとかなあきまへん」

旦那さまが笑いながらおっしゃった。

「なあんや。文に書いてましたやろ。ドンなこっちゃなあ、与平はん」

旦那さまの兄、聖護院森の元端先生と、わたしは乳兄弟で、幼いころ机をならべて、いろは四十七文字を習い覚えた間柄だ。それでいまだに旦那さまは、わたしのことを呼び捨てになさらず、与平はんと呼んでくださる。

「お師匠さまと凡兆はんが、渡月橋のねきでお待ちやで、行てきます。暮れまでにはお師匠さまをお連れするさかい、ご馳走たのみます」

「へえ。お早うおかえりやす」

と胸を張ってこたえたものの、なんのことはない。表屋敷に客人があるとき、料理は、臨川寺の台所から運んでもらう手はずになっている。酒のあてだけ、仕度すればすむ。

夕餉のあと、俳諧のお師匠が包みをほどいて、書物を机の上にならべられた。古い和歌に、漢詩に、日記に、物語だそうだ。

奥さまからの心づくしと云いながら、ご用人が菓子をとり出し、唐風の蒔絵のついた皿に盛り付けてくださる。

「おぶう、いれてや」

わたしもお相伴にあずかった。

翌日ひる過ぎて、臨川寺にお詣りされた。ここらは見晴らしがよくて、前に大井川が流れ、右に嵐山がそびえ、左は松尾村へとつづく。渡月橋あたりは、虚空蔵菩薩の法輪寺へ参拝客がひっきりなしに往き来する。松尾の竹やぶの中には、小督はんの屋敷跡がある。なんでも平家物語で有名な尼さんらしい。

夕刻、旦那さまは中長者町へ帰られ、入れちがいで、また凡兆はんが来られた。

二十日。旦那さまと羽紅さまが、ほとんど同じ時刻におこしになった。今日は、北嵯峨の清涼寺で、愛宕権現のお祭りがある。

羽紅さまは、凡兆はんの奥方で、この春、髪をおろして尼僧の姿にあらためられた。途中麦畠のなかで、土地の子らがつかみあいの喧嘩をしておりましたと、旦那さまがおっしゃるや、たちまち羽紅さまが、発句に仕立てて披露されたので、おどろいた。

夜は蚊帳を一つ張って、皆さんごいっしょで、おやすみになる。さそわれるまま、わたしまで蚊帳の内に入れていただいて、たいそう面白かった。ご馳走やお菓子をよばれながら、明け方近くまで話しつづけた。

夜が明けるや、凡兆ご夫妻は、雨の中あわただしくお帰りになる。夕暮れ近く、旦那さまも京へおもどりになった。

その夜、お師匠はいつまでもお寝みにならず、机の上で書き物をなさっている。去年の夏、近江の幻住庵に滞在されたそうで、その折の日記を清書しておられた。

「どないなお屋敷どすか」

「山の上の、それは小さな庵ですよ。はるか遠く琵琶湖が見えます」

翌日も雨が降りつづいた。珍しくどなたもおこしにならず、お師匠は草丈の伸びた庭を眺めながら、ご本を読んで過ごされた。

「私の友に、素堂という人がおりましてな。客人が半日のんびりしたら、主人は半日忙しいてかなわん、と云うてました。今日みたいな日は、心が休まりますなあ」

夕暮れどき、旦那さまからお使いがあり、江戸からの消息文がいくつか届けられた。

二十三日。お師匠は散歩に出られ、竹やぶを出たり入ったり。竹の子がはえてたの、麦の穂が色づいてたの、雲雀が天高くのぼったの、行々子がやかましう啼いてたのと、いちいち感心なさって、発句をひねられた。

二十四日。ひる近くに凡兆はんが、ひる過ぎて、堅田本福寺のご住職がおこしになる。夕刻には旦那さまもおみえになった。

凡兆はんがあわただしく京にもどられるのを見て、せわしないのはご気性のせいでしょうかと、本福寺さまがおっしゃった。ご住職と旦那さまは、お泊りになる。

翌朝、大津へ向かわれる本福寺さまと入れちがいに、京で与力をなさっている史邦はんと、道場仲間の丈草はんがおみえになった。

どちらも若いお侍で、あいさつもそこそこに、拙作ですと云いながら、漢詩や発句の紙を取りだされた。お師匠は声に出して読みあげ、ひとことふたこと批評をつけ加えると、ついと机に向かって書き写された。

午後、こんどは大津の荷問屋、乙州はんがたち寄られた。江戸へ商いに出向かれ、もどられたばかりらしい。其角さまとお会いできましたと云って、俳諧を披露される。其角さまというのは、一門のなかで一等えらいお弟子らしい。その名を聞くや、旦那さまは、あわててお師匠の近くに座りなおされた。とつぜん雨風がはげしくなって、雷が鳴り、ひょうまで降るありさまだ。

「其角はんは、ほんま、天地をもゆり動かすほどのお人どすなあ」

四人は翌日も落柿舎にとどまられ、お師匠と、長短三十六句の歌仙をまかれた。

「ある雨の夜さり、山から猿がおりてきて、落ち柿を拾うてたんどすけど、朝見たら、よう喰わんと捨ててました」

史邦はんがすかさず、つぶやかれた。

「落柿をひろへど喰はぬ猿の客」

お師匠が手をたたいてよろこばれた。

「こんどの撰集の題が、猿蓑、どすわ」

丈草はんにそう教えられても、なにが可笑しいのか、さっぱりわからなかった。

二十七日。どなたもおこしにならない。お師匠は、閑雅ですな、とおっしゃった。

二十八日朝、落柿舎にはいると、お師匠が目をまっ赤にして、泣いておられた。

「夢のなかに、杜国があらわれましてな。古典の才のある、心ねのやさしい弟子でした。米の商いでだまされて罪におちた末、去年亡くなってしまいました。可哀そうで可哀そうで、仕方がありません」

次の日とその次の日、お師匠はずっと漢詩の本を読んで過ごされた。

五月朔日、明昌寺のご住職がおみえになって、近江のご門人の消息文がとどけられた。

二日。曾良はんがおこしになった。吉野の桜をごらんになり、熊野三社にも参られて、その帰りなのだそうだ。旦那さまも、京から朝はやく来られ、曾良はんを迎えられた。

午後おそく、大井川に舟を浮かべて、嵐山にそって、トナセと呼ぶあたりまでのぼられた。とっぷりと日も暮れたころ、雨に濡れておもどりになった。

翌日も雨が降りつづく。お師匠と曾良はんと旦那さまの間で、各地のご門人のうわさ話が尽きることはない。

「こんど、撰集を出されるそうですな。進み具合はいかがですか」

お師匠がおこたえになる。

「なかなか、良いものが生まれそうです」

「去来さんは、凡兆さんと医者仲間でしたな」

旦那さまがうなずかれる。お師匠がおっしゃった。

「凡兆の句は、江戸の其角に及ぶかもしれません」

「ほう」と、曾良さんが目をみはられた。

「しかし、少々、才ばしる嫌いがあります。その点、このお人との組み合わせはよろしいな。去来は人格者ですから」

旦那さまが、いやいや、と手を振られた。

四日、ひる過ぎて雨があがった。お師匠はようやく、明日、さわらぎ町へお移りになる決心をされた。

「落柿舎ともお別れですな」

その夜、お師匠は口の間から奥の間までひとつひとつ襖をあけて、なごり惜しそうに見まわっておられた。

俳句評論

芭蕉句と西行歌——その表現技法

一　芭蕉と西行

江戸時代の俳人松尾芭蕉には、生涯をとおして、平安後期の院政期から鎌倉初期に活躍した、遁世の歌人西行への憧れがあった。

芭蕉が伊賀国上野から武蔵国江戸に下り、経済の中心地であった日本橋に住んでプロの俳諧師として独立を果たしながら、突如として隅田川の対岸へ去って埋立地の深川に隠棲したのも、四十代半ばで未知の遠国陸奥へ風狂の旅に出たのも、西行法師への親和に一因を求めることができよう。

芭蕉にとって西行は、風雅すなわち詩歌の道の師であり同時に人生の規範でもあった。世俗をはなれ、自然に身をおき、自然の景物（四季の風物）をうたいながら、なお俗世の人間《じんかん》を生きる。時代こそ違え、彼らはそのように生き、風雅の道をもとめた。

西行とは、どのような歌人であったか。何を考え、どう行動した人物なのか。

【西行法師略年譜】
元永元年（一一一八）出生、俗名佐藤義清《のりきよ》
保延六年（一一四〇）出家

久安五年（一一四九）このころ高野山に草庵を結ぶ
仁安三年（一一六八）西国への旅
嘉応二年（一一七〇）このころ山家集（私家集）の原型成立か
治承四年（一一八〇）このころ伊勢の二見浦に草庵を結ぶ
文治二年（一一八六）二度目の奥州への旅
文治三年（一一八七）御裳濯河《みもすそがわ》歌合と宮河歌合を藤原俊成・定家父子へ送る
建久元年（一一九〇）河内国の弘川寺にて入滅
元久二年（一二〇五）新古今和歌集に最多の九十四首入集

西行は武家の名門に生まれ、北面の武士（警固役）として仕えた鳥羽院から愛され、和歌にも武芸にも卓越した才能を示した。院政の混乱期ゆえ宮廷人として生きる道もあっただろう。ところが、弱冠二十三歳で出家の道を選んで家を捨て、妻子と別れた。その後は約三十年間真言宗高野山で仏道修行に励み、また嵯峨や伊勢に草庵を結んで暮らしている。

ただし、完全に隠棲し切ったと考えてはいけない。彼はたびたび洛中洛外に出没し、宮廷の人々や旧知の元女官らに会って慰めを云い、同年生まれの平清盛に高野山の財産の相談をし、勅撰和歌集の選者に自らの歌合せ（歌集）を送りつけて判定を依頼している。

また、勧進聖（寄附を募る僧）という公務のためか、都のみならず日本国中かなり広範囲に旅をし、讃岐の配流先で憤死した崇徳院の墓所に参ったり、東大寺再建のため奥州平泉へ足を伸ばす途中、鎌倉で将軍源頼朝に会って武芸の作法を教授したりと、見ようによっては政治的な動きさえしている。まさに世俗をはなれ、俗世に生きた歌僧であった。

俳聖芭蕉その人の経歴も、あらためて確認しておこう。

【松尾芭蕉略年譜】

正保 元 年（一六四四）伊賀国上野に生まれる
寛文 六 年（一六六六）主君藤堂良忠（俳号蟬吟）死去
寛文十二年（一六七二）このころ江戸へ
延宝 五 年（一六七七）俳諧宗匠として立机
延宝 八 年（一六八〇）深川の芭蕉庵に隠棲
天和 三 年（一六八三）第二次芭蕉庵に入る
貞享 元 年（一六八四）歌枕の地を巡る風狂の旅を開始
元禄 二 年（一六八九）おくのほそ道の旅、翌々年まで京都・湖南を往返
元禄 五 年（一六九二）第三次芭蕉庵に入る

元禄七年（一六九四）大坂にて死去、近江国膳所の義仲寺に葬られる

松尾芭蕉は、伊賀上野で最下級の武士の次男として生をうけた。十代から二十代にかけて侍大将家に出仕し、若殿の小姓となって、主従ともども京の歌学者北村季吟から俳諧連歌を学んだ。主君の早逝という悲運さえなければ、伊賀の武家社会で身を立てたか、和歌や連歌の道の学者となったか、あるいは古都で僧侶として一生を送ったかもしれない。芭蕉自ら「あるときは仕官懸命の地をうらやみ、一たびは仏籬《ぶつり》祖室の扉《とぼそ》に入らむとせしも」云々と、『幻住庵記』で回想している。

おそらくは青年期の主君との悲しい別れや江戸の大火などが芭蕉の心に重いくさび（無常観）となって打ち込まれ、深川芭蕉庵への隠棲や、畿内から奥羽までの風狂の旅へとつながってゆくのであろう。

二　芭蕉句と西行歌

この章では、芭蕉の発句と、その本歌とされる西行の和歌を組にして鑑賞する。彼らの句づ

くり、歌づくりの技法の一端に触れることができよう。

なお、発句には推定される制作時期と代表的な出典名を、和歌には代表的な出典名を、現代訳のあとに示しておく。

＊

命なりわづかの笠の下涼み

命が生き返るような気がするよ、笠の下のわずかな陰で涼をとれば。

延宝四年夏、『江戸広小路』。芭蕉が江戸に下ってから、初めて伊賀上野へ帰郷した折の旅吟だろう。幸田露伴は「笠を取つてかざしてゐる心持がある」と芭蕉入門書で解釈する。

忘れずば佐夜の中山にて涼め

旅の途中もし忘れていなければ、歌枕でもある佐夜の中山で、しばらく涼んでから行きなさい。

貞享元年夏、『丙寅紀行』。江戸をはなれ、伊勢へ帰ろうとする知人への餞別句である。

01　年たけて又越ゆべしと思ひきや命成《なり》けり佐夜《さや》の中山

年老いてまた越えることになろうとは思ってもみなかったが、命あればこそ越えられるのだなあ、佐夜の中山を。

『西行法師家集』『新古今集』。西行は六十九歳のとき、勧進聖として奥州への旅に出た。佐夜の中山峠は、古代から東海道の難所として知られた。

＊

あすは粽《ちまき》難波《なにわ》の枯葉夢なれや

端午の節句も近く、難波では粽に巻く葦の葉が青く生い茂って、枯葉の風景が夢であったかのようだ。

延宝五年夏、『六百番誹諧発句合』。
02　津の国の難波の春は夢なれや蘆《あし》の枯葉に風わたる也
摂津の国の難波の春景色は夢だったのか、いまや葦の葉も枯れて、風が吹きわたる。

『御裳濯河歌合』『新古今集』。四天王寺へ参詣した折の作。本歌――〈心あらむ人に見せばや津の国の難波わたりの春の景色を〉（『後拾遺集』能因法師）。

＊

山吹の露《つゆ》菜の花のかこち顔なるや

山吹が露を置いて、人に注目されるものだから、菜の花は不満げな顔をしているよ。延宝九年春、『東日記』。西行の独自表現「かこちがほ」を生かし、涙を露に云い換えて、面白く詠んだ。

03　嘆けとて月やは物を思《おも》はするかこちがほなるわが涙かな

嘆けと云って月が物思いをさせるわけでもないのに、月にかこつけて（月のせいだと云わんばかりに）、私の顔を濡らす涙だ。『山家集』『御裳濯河歌合』『千載集』。小倉百人一首でも知られる恋の歌。涙を擬人化し、おのれの悩み苦しみを、外からの眼でユーモラスに見つめる。

＊

みそか月なし千《ち》とせの杉を抱《だく》あらし

月の末日で真っ暗闇の夜中、千古の大杉を抱くように、嵐が吹き荒れる。貞享元年秋、『野ざらし紀行』。伊勢の外宮で詠む。

04　深く入《いり》て神路《かみじ》の奥を尋ぬれば又うへもなき峰の松風
神路山の奥深く尋ねて行くと、この上なく気高い峰から、松風が吹いてくる。

『御裳濯河歌合』『千載集』。神路山は伊勢内宮の南方、五十鈴川上流域の連山である。

05　神路山月さやかなる誓ひありて天《あめ》の下をば照らすなりけり
天照大神が人々を救うため誓いをたてられたという神路山で、清らかな月光が天下を照らしている。

『御裳濯河歌合』『新古今集』。

*

芋洗ふ女西行ならば歌よまむ

川で女たちが芋を洗っているけれど、これが西行法師と江口の遊女の出会いなら、きっと歌を詠みかわすのだろうな。

貞享元年秋、『野ざらし紀行』。伊勢の西行谷にあった尼寺を訪ねた。

一家に遊女もねたり萩と月

同じ宿に遊女も泊り、折りしも庭では、萩に月光が降りそそいでいる。

元禄二年秋、『おくのほそ道』。この挿話はフィクションであり、紀行文に連歌や俳諧と同じような恋の座を設けたもの。

06　世の中を厭《いと》ふまでこそ難《かた》からめ仮の宿りを惜しむ君哉

出家するほど世の中をいとうのは難しいかもしれませんが、この世を仮の宿りと思って、一晩くらい惜しまずに宿を貸してください。

『山家集』『新古今集』『撰集抄』。

07　家を出《い》づる人とし聞けば仮の宿に心とむなと思ふばかりぞ

出家の方と聞いたからお断りしたまでのことですよ、あなたの方こそ仮の宿りごときに執着なさいますな。

『山家集』『新古今集』『撰集抄』。『西行法師家集』は歌の作者を遊女妙《たえ》と記す。天王寺に参詣する途中、この06番と07番、西行と遊女の掛け合いから、謡曲「江口」が生まれた。

＊

露とく〳〵心みに浮世すゝがばや

西行歌に詠まれた昔のまま、露がとくとくとしたたり落ちて溜まった清水で、こころみに俗世の汚れを洗い落とそうか。

貞享元年秋、『野ざらし紀行』。吉野での吟。擬音のトクに疾《と》くを、心み（身）に試みを掛ける。

露凍《いて》て筆に汲《くみ》干《ほ》ス清水哉

露さえ凍てて、筆を使うために溜めておいた、庭の清水を汲み尽くしてしまった。

貞享四年冬、『三つのかほ』。芭蕉にはいくつかこのような漢詩調の作品がある。

08 とく〳〵と落つる岩間の苔清水汲みほすほどもなき住まひかな

とくとくと岩間の苔を伝い落ちる清水を汲み干すこともない、山中の侘び住まいだ。

『吉野旧記』『吉野山独案内』。吉野山を愛した西行らしい伝承歌である。

*

年暮《くれ》ぬ笠きて草鞋《わらじ》はきながら

今年ももう暮れてしまうのか、笠をかぶり草鞋を履いて旅をしているうちに。

貞享元年冬、『野ざらし紀行』。次の西行歌と、伝定家の歌〈旅人の笠きて馬に乗りながら口をひかれてにしをこそゆけ〉をも踏まえる。

09　常よりも心ぼそくぞ思《おも》ほゆる旅の空にて年の暮れぬる
いつもより心細く思われるものだなあ、旅の空の下で年の暮れを迎えるのは。
『山家集』。敬愛する能因法師の足跡を追い、一度目の陸奥への旅で詠んだものか。

*

雲 折《おり》〳〵 人 を や す む る 月 見 哉
ときおり雲が月にかかるお蔭で、月見の人もひと息入れることができるのだなあ。
貞享二年秋、『春の日』。

10　なか〳〵に時々雲のかゝるこそ月をもてなす飾り成《なり》けれ
ときどき雲がかかって隠れるのも、かえって月に趣を添える、飾りのようなものだ。
『山家集』。

*

笠《かさ》 寺《でら》 や も ら ぬ 窟《いわや》 も 春 の 雨
立派に再建され、雨が漏らぬようになった笠寺に、いまごろ春の雨が降りそそいでいるだろう。

貞享三年春、『千鳥掛』。名古屋にある笠覆寺《りゅうふくじ》への奉納句として、門人あての手紙に記す。

11　露もらぬ岩屋も袖は濡れけりと聞かずはいかゞあやしからまし

露も洩らない岩窟の中なのに、法悦の涙で袖が濡れてしまったと詠まれた古歌を知らなかったら、自分の袖が濡れることを不審に思ったことだろう。

『山家集』。西行自身が吉野大峯山の修験道場に入って、荒行を体験している。本歌――〈草の庵何露けしと思ひけむ漏らぬいはやも袖は濡れけり〉（『金葉和歌集』僧正行尊）。

＊

蠣《かき》よりは海苔をば老の売《うり》もせで

荷の軽い海苔でも商えばよいものを、老いた物売りが、重い牡蠣を担いで売り歩く。

貞享四年春、『続虚栗』。向井去来が『去来抄』でこの句をとりあげ、カキは看経《かんきん》に、ノリは法《のり》に通じるものと読み解いた。

12　おなじくは牡蠣をぞ挿して干しもすべき蛤《はまぐり》よりは名も便りあり

同じように串に刺して乾したものを商うのなら、蛤よりも牡蠣のほうがふさわしいよ、串柿という名もあるのだから。

『山家集』。言葉遊びの可笑しさばかり目立ってわかりにくいが、仏教の殺生戒と見る解釈もある。掛詞——かき（牡蠣、柿）、くり（蛤、栗）。縁語——柿、栗。

＊

原中《はらなか》や物にもつかず鳴《なく》雲雀

広い草原の空高く、雲雀が何ものにも取りつかずに鳴いている。

貞享四年春、『続虚栗』。このころ芭蕉は荘子の世界観（無何有《むかう》）に心酔していた。

13 雲雀立つ荒野に生《お》ふる姫百合の何につくともなき心哉

雲雀が飛び立つ荒野に生えた姫百合が揺れるように、何に寄りつくこともなく、心さだまらないことよ。

『山家集』。心性定まらずの題で詠む。序詞——雲雀立つ荒野に生ふる姫百合の。掛詞——ゆり（姫百合、揺り）。

＊

瓜作る君があれなと夕すゞみ
瓜を作っていた君が今もいてくれたらなあと思いながら、夕涼みしている。
貞享四年夏、『栞集』。眼前に庭がある。

14　松が根の岩田の岸の夕涼み君があれなと思《おも》ほゆるかな
岩田の川岸に腰かけて夕涼みしながら、君がここにいてくれたらなあと思っている。

『山家集』。熊野詣の道にある岩田で、親しい西住上人へ送る手紙にこの歌を書きとめた。枕詞（に準ずる）――松が根の。

＊

何の木の花とはしらず匂《におい》哉
これは何の木の花だろうか、よい匂いがただよってくる。
貞享五年春、『笈の小文』。元禄改元となる年、伊勢の外宮で詠む。口調がやさしい。

15　何事のおはしますをば知らねどもかたじけなさに涙こぼるゝ
伊勢神宮にはどのような神がおられるのか知らないけれど、おそれ多くありがたく、涙がこぼれる。

『西行法師家集』『元長参詣記』。この歌はほんとうは西行作でなく、謡曲の「巴」によれば、石清水八幡宮を勧請した僧行教の詠歌らしい。

16 願はくは花の下にて春死なんそのきさらぎの望月のころ

願いがかなうものなら桜の花の下で死にたいものだ、お釈迦さまの入滅の日と同じ如月の満月のころに。

『山家集』『御裳濯河歌合』。数年後西行は、釈迦入滅の陰暦二月十五日に遅れることわずか一日、二月十六日に逝去し、その日をもって伝説の歌人となった。

*

城あとや古井の清水先《まず》問《とわ》む

城跡に登って、まずは古井戸の清水をたずねてみよう。

貞享五年夏、『笈日記』。稲葉山の岐阜城跡で詠んだ句で、招待してくれた庄屋へ納涼の挨拶をしたもの。

17 住む人の心汲まるゝ泉かな昔をいかに思ひ出《い》づらん

住む人のゆかしい心がしのばれる泉殿であることよ、もとの主ありし昔をどのように思い出しておられるのだろうか。

『山家集』。新旧の主人をいずれも法親王とする説がある。掛詞――くむ（心を汲む、泉水を汲む）。縁語――泉、澄む、汲む。

＊

刈あとや早稲《わせ》かた〳〵の鴫《しぎ》の声

はやくも早稲が刈り取られ、あちらこちらで鴫がわびしく鳴いている。

貞享五年秋、『笈日記』。

18　心なき身にもあはれは知られけり鴫《しぎ》立つ沢の秋の夕暮

出家して情趣を解しない私の身にも、鴫が飛びたつ沢辺の秋の夕暮れのあわれさは知られることよ。

『山家集』『御裳濯河歌合』『新古今集』。西行の代表歌で、『新古今集』の三夕の歌の一つ。

「心なき身」は、当時の常套句である。

＊

木曾のとち浮世の人のみやげ哉

木曾路で栃の実を拾ったので、浮世で暮らす人たちへの土産物にしよう。
貞享五年秋、『更科紀行』。

19　山深み岩にしだるゝ水溜《た》めんかつゞ落つる橡拾《とち》ふほど

冬がくる前に、山深くの岩から垂れる水を溜めておこう、ぽとりぽとりと落ちるトチノキの実を拾う間に。

『山家集』。近年まで山里で暮らす人は、栃の実をあく抜きして食糧にした。ゆえに栃の実は伝統的な隠遁生活のイメージと重なる。

＊

田一枚植て立去る柳かな

柳の木の下でひと休みしていたら、近くの田植えも終わった、そろそろ立ち去ろう。
元禄二年夏、『おくのほそ道』。立去るの句の前後に切れがあると読めば、立ち去る人は百姓や早乙女でなく、芭蕉であると解釈できる。

20　道の辺《べ》に清水流るゝ柳陰《やなぎかげ》しばしとてこそ立ちとまりつれ

道のほとりに清水が流れている、そのかたわらの柳の木蔭でひと休みしていこう。

『西行法師家集』『新古今集』。西行代表歌で、のちに「西行物語」や謡曲「遊行柳」に採用された。本歌――〈夏衣竜田河原の柳陰涼みに来つつならす頃かな〉（『後拾遺集』曾禰好忠）。

＊

笠島はいづこさ月のぬかり道

実方《さねかた》の墓のある笠島はどの辺りだろうか、五月雨のために道がぬかるんで、立ち寄れそうもない。

元禄二年夏、『おくのほそ道』。

＊

21　朽ちもせぬその名ばかりをとゞめ置《おき》て枯野のすゝき形見にぞ見る

その人の名をとどめおいて、形見であるかのように、枯野の薄が見えるばかりだ。

『山家集』。西行の陸奥への旅からさかのぼること一世紀半、ときの天皇から譴責を受けて陸奥守として奥州へ追いやられた左中将藤原実方を偲ぶ。物語的な貴種流離譚である。

＊

めづらしや山を出羽《いでは》の初茄子《なすび》

おや珍しいですね、山を出て出羽の国に入ったと思ったら、もう初茄子ですか。元禄二年夏、『初茄子』。西行歌の掛詞をそのまま生かし、座の雰囲気をなごませた。

22　たぐひなき思ひ出羽《いでは》の桜かな薄くれなゐの花のにほひは

くらべようもない良い思い出となろう、出羽の桜の薄紅色の花のこの美しさは。『山家集』。掛詞——いでは（思い出、出羽、出端）。

＊

夕晴や桜に涼む浪の花

夕晴れに桜の木の下で涼んでいると、海面の浪が花のように輝いて見える。元禄二年夏、『曾良書留』。浪を花に見立てた。

23　象潟の桜はなみに埋れてはなの上こぐ蜑《あま》のつり舟

象潟の島々に咲いた桜が波の向こうに見え隠れし、あたかも漁師の漕ぐ舟が花の上に浮かんでいるみたいだ。

『継尾集』。西行伝承歌の一つ。

＊

小萩ちれますほの小貝小盃《こさかずき》

萩の花よ、小さなますほの貝の上にも、盃の上にも散っておくれ。

元禄二年秋、『薦獅子集』。小萩小貝小盃とK音がリズムよく響きあい、宴を盛り上げる。

衣《ころも》着て小貝拾はんいろの月

僧衣を着て、月に照らされた種《いろ》の浜で、小さな貝を拾おうか。

元禄二年秋、『荊口句帳』。

浪の間《ま》や小貝にまじる萩の塵

浜から浪が引くと、小さな貝にまじって、萩の花くずが散っている。

元禄二年秋、『おくのほそ道』。

24　潮染《しおそ》むるますほの小貝拾ふとて色の浜とはいふにやあるらん

潮を染める赤い小さな貝が拾えるから、ここを色の浜と云うのだろう。

『山家集』。色（種）の浜は越前国敦賀の地名。ますほは漢字で真赭《まそほ》と書き、赤い土、赤い色を意味する。縁語――染む、ますほ、色。

*

蛤《はまぐり》のふたみにわかれ行《ゆく》秋ぞ

はまぐりの蓋と身がわかれるのと同じように、秋にも人にも別れを告げて、伊勢の二見が浦へと旅立って行こう。

元禄二年秋、『おくのほそ道』。旅を終えるにあたり、古人西行法師へ挨拶したもの。

*

25　今ぞ知る二見の浦の蛤《はまぐり》を貝合せとておほふなりけり

二見が浦の蛤貝のふたを合わせて、都で遊ぶ貝合せに使われていたことを初めて知ったよ。

『山家集』。掛詞――ふたみ（二見、蓋身）。縁語――蛤、貝合せ、覆ふ。

*

秋の風伊勢の墓原猶《なお》すごし

秋風が吹いて、伊勢の墓地はいよいよ凄まじく感じられる。

元禄二年秋、『花摘』。
26　吹きわたす風にあはれをひとしめていづくもすごき秋の夕暮
風が等しく哀れに吹きわたって、どこもかしこもひどくもの寂しい秋の夕暮れだ。

『山家集』。本歌――〈寂しさに宿を立ち出でてながむればいづくも同じ秋の夕暮〉（『後拾遺集』良暹法師）。

*

初しぐれ猿も小蓑をほしげ也
初時雨の旅路で、猿も風雅のことがわかるのか、蓑を欲しそうにしているよ。
元禄二年冬、『猿蓑』。和歌文学の象徴とも云える初時雨の景に、猿を登場させて、俳諧らしい滑稽味をくわえた。
27　綾《あや》ひねるさゝめの小蓑衣《きぬ》に着《き》ん涙の雨もしのぎがてらに
綾織りのように莎草《ささめ》で編んだ蓑を衣として着よう、悲しい涙の雨をもしのぐために。

『山家集』。ササメはチガヤに似た野草で、編んで蓑や筵《むしろ》をつくった。縁語――小蓑、雨。

28　篠《しの》ためて雀弓《ゆみ》張る男の童《おわらわ》額烏帽子《ひたいえぼし》のほしげなるかな
細竹をたわめて雀を射る小弓を張っている男の子が、額烏帽子を欲しそうにしている。『聞書集』『後撰夷曲集』。これも西行伝承歌。額烏帽子は一人前の武士への憧れである。

＊

雪ちるや穂屋《ほや》の薄《すすき》の刈《かり》残し

雪の降るなか、祭のとき仮小屋に使われたすすきが、刈り残されているのが見える。元禄三年冬、『猿蓑』。前書に「信濃路を過《すぐ》るに」とあるものの、どうやら題詠句らしい。

29　信濃野のほやの薄に雪ちりて下葉は色の野辺のおもかげ
信濃路を行けば、御射山祭のとき仮小屋の屋根を葺いたであろうすすきの上に雪が降りはじめ、それでもなお下の草葉は、色づいていた秋の野のおもかげをとどめている。『撰集抄』。

＊

うき我をさびしがらせよかんこどり

閑古鳥よ、憂鬱な気分を忘れられるよう、お前の鳴き声で私をさびしがらせておくれ。元禄四年夏、『嵯峨日記』『猿蓑』。閑古鳥は郭公のこと。心の憂さや寂しさを訴えているものの、このころ芭蕉は風雅の誠を極めつつあった。

30　訪《と》ふ人も思ひ絶えたる山里《やまざと》の寂しさなくは住み憂《う》からまし

人が訪ねることを断念するような山里なので、もし閑寂な趣がなかったなら、むしろ住みづらいだろう。

『山家集』。

31　山里へたれをまたこは喚子鳥《よぶこどり》ひとりのみこそ住まんと思ふに

山里へ喚子鳥は誰をまた呼ぶのだろう、私ひとりで住もうと思っているのに。

『山家集』。呼子鳥は古今伝授の三鳥の一つながら、実態不明。本歌――〈おぼつかなたれ喚子鳥鳴くならむ答ふる人もなき山中に〉（堀河百首・藤原基俊）。掛詞――よぶ（喚子鳥、呼ぶ）。

*

柴の戸の月や其《その》まゝあみだ坊

月明かりの草庵は、そのまま西行が訪ねたという阿弥陀坊みたいだ。
元禄四年以前秋、『芭蕉庵小文庫』。

32　柴の庵《いお》と聞くはくやしき名なれども世に好もしき住居《すまい》なりけり

粗末な柴の庵と聞けば悔しい名前だけれど、実際に訪れてみたらとても好い住居だ。『山家集』。西行は出家前、あちこちの草庵を下見したらしく、東山に阿弥陀房（坊）という上人の庵室をたずねた折の挨拶歌である。

*

此こゝろ推《すい》せよ花に五器《ごき》一具《いちぐ》

携帯用の食器を贈るから、花を見るときも修行の気持ちを忘れないでおくれ。
元禄五年春、『葛の松原』。奥羽に旅立つ弟子支考への餞別吟。五器（御器、合器）とは、大中小の入れ子になった食器セットのこと。

33　春雨や夏夕立に秋日照り世の中よかれわれ乞食せん

いまは春の雨が降っているけれど、夏の夕立のときも秋の日照りのときも俗世のことにかまわず、私は乞食《こつじき》修行をしよう。

西行伝承歌。

＊

一露《ひとつゆ》もこぼさぬ菊の氷かな

ひと露もこぼさないようにと、寒菊が露を凍らせてしまった。

元禄六年冬、『続猿蓑』。詞書で、西行歌の本歌取りであることを明らかにする。

34　捨てやらで命をこふる人は皆千々《ちぢ》の金《こがね》を持《も》て帰るなり

弟の助命を乞うのに金を惜しむような人は皆、目的を果たせないまま、大金を持って帰ることになる。

『山家集』。『新撰朗詠集』に見られる史記の故事を踏まえて、この世の無常をあらわす。

＊

道ほそし相撲《すもう》とり草《ぐさ》の花の露

相撲取草の茂った道は細く、その花は露に濡れている。

元禄七年秋、『笈日記』。相撲取草はスミレ、またはイネ科のオヒシバかメヒシバのこと。懐かしい義仲寺の無名庵にもどって詠んだ。

35　石上《いそのかみ》古きすみかへ分入《わけ》れば庭の浅茅に露のこぼるゝ

生い茂った草を踏みわけて、古い住居をたずねたら、庭のチガヤに露がこぼれた。

『山家集』。枕詞――石上。

*

数ならぬ身となおもひそ玉祭り

取るに足らない身の上だったなどと思うのじゃないよと声をかけてやりたい、魂祭り（盂蘭盆）の日には。

元禄七年秋、『有磯海』。前月亡くなった寿貞尼への呼びかけで、この女性は芭蕉の内妻だったという説がある。同年、芭蕉も没した。

36　世をいとふ名をだにもさはとどめおきて数ならぬ身の思ひ出にせむ

俗世を嫌って出家した人だという名だけでもとどめ置いて、ものの数にも入らない私の思い出としよう。

『山家集』。西行二十三歳、出家直前の作。

三　和歌の表現技法

表現技法の語は、修辞技法、レトリックとも呼ばれる。和歌特有の表現技法はいくつかあって、一般の人が学校の国語教育で学ぶだけでも、枕詞、序詞、掛詞、縁語、本歌取りといったぐあい。

枕詞《まくらことば》は、主に五音で、それ自体ほとんど意味を持たず、和歌を現代語訳するさいも、たいてい訳されない。特定の語を修飾つまり引き出すためだけに用いられる。たとえば「たらちねの」は「母」を、「ひさかたの」は「天」「雨」「月」などを引き出す。西行歌35番参照、14番の用法も枕詞に準じる。

序詞《じょことば》は、枕詞よりも長く、二句以上もしくは七音以上で用いられる。そのつど新しい表現を創意工夫することができる点で、同じ修飾語でも枕詞と大きく異なる。たとえば、万葉集の坂上郎女の歌〈夏の野の繁みに咲ける姫百合の知らえぬ恋は苦しきものそ〉では、頭から「姫百合の」までが序詞である。見てのとおり序詞と他の部分と、二つの文脈がタテにならび、それぞれ自然の景物と人間の心情とをあらわす。意味は後半部だけで通じており、「相手に知られない恋は苦しいものですね」と心情をよむ。西行歌13番参照。

掛詞《かけことば》は、狭義には、一つの語が二つの意味をあわせ持つ言葉である。古今集の紀貫之の歌〈初雁のなきこそわたれ世の中の人の心のあきし憂ければ〉で確認すると、「なき」が雁の「鳴き」と私の「泣き」に掛かり、「あき」が季節の「秋」と心の「飽き」に掛かる。と同時に作品全体として、初雁が鳴きわたる秋の景色と、恋人の心が離れたと思って泣いている私の心情とで、それぞれ別の文脈を示している。つまり序詞と似た働きで、自然と人事とがヨコならびの二重構造になっている。これが広義の掛詞である。西行歌12番、13番、17番、22番、25番、31番参照。

縁語《えんご》は、辞典風に説明すれば、ある言葉と照応し、意味的に縁のある言葉を選びとる修辞法である。言葉の連想ゲームと記憶しておこう。百人一首の皇嘉門院別当の歌〈難波江の芦のかりねの一夜ゆゑ身をつくしてや恋ひわたるべき〉を例にとれば、「難波江」から「芦」「澪《みおつくし》」「渡る」を、「芦」から「刈り根」を、「刈り根」から「一節《ひとよ》」を、「仮寝」から「一夜」を連想する。ついでに云うと「刈り根」と「仮寝」、「澪」と「身を尽くし」は掛詞で、新古今を予感させる技巧がめいっぱい駆使されている。西行歌12番、17番、24番、25番、27番参照。

本歌取《ほんかど》りは、藤原定家を中心とする新古今集の時代、ある程度古典に通じている者ならだれでも和歌世界に参入できる、新しい表現技法として流行した。古い歌の特定の表現を踏まえ、読み手に明らかに伝わる形で用い、しかも新たな表現として受け容れられる技法である。つまり古歌の再生（リメイク）と云える。たとえば、万葉集の有名な歌〈あしひきの山鳥の尾のしだり尾のながながし夜をひとりかも寝む〉を本歌として、定家は〈ひとり寝る山鳥の尾のしだり尾に霜おきまよふ床の月影〉と詠んで、月の景色を出現させた。西行歌02番、11番、20番、26番、31番参照。

四　俳句の技法と可能性

俳句の表現技法については、五七五の定型とそれに反する破調や句またがり、構造上の違いである取合せ（配合、二句一章、二物衝撃）と一物仕立て（一句一章）、季題季語の現実性と象徴性あるいは無季句の問題、や・かな・けりなどの切字や体言止め等を用いた句の切れ、写生による現実把握（客観描写）とそこからの逸脱（文学的創造）、あるいは、比喩、擬人法、オノマトペ（擬音・擬声・擬態の語）、リフレイン（繰り返し）、押韻によることばの共鳴、即興と挨拶と滑稽などなど、いくつかの技法が考察の対象となろうか。ただし本稿では、和歌からまなぶ修辞法について考えている。そこで、近代写生論、和歌からの継承、文脈の二重性について述べておきたい。

写生は、正岡子規による革新以降、近代の俳句が手に入れた最強の表現技法と云えよう。自然界の景物(四季の情趣を感じさせる風物)を見たまま、あるがまま生き生きと写しとる写実主義(リアリズム)の用語が写生であって、もとは絵画におけるスケッチ、デッサンの訳語だった。俳諧俳句の歴史を見ても、美濃蕉門の各務支考が唱えた「姿先情後」から秋元不死男の「俳句もの説」あたりまで、否、現在の俳壇においてさえ、できごとや思想や心情よりも、眼前にある物を詠むことを重視する立場は連綿として存在する。初学者ならば「コトだけでは俳句にならぬ、必ずモノを置きなさい」と添削指導を受けよう。

それでもなお、現代俳句が景物の写実的描写にこだわるあまり、過去に活躍した達人たちが遺してくれた豊饒の諸法に目を向けないのは、もったいない気がする。たとえば、西行や芭蕉たち先人が足跡をしるした歌枕や俳枕は、古典文学の聖地であり、同時に地域の文化遺産でもある。そこから、芭蕉の風狂、蕪村の絵画や物語、一茶の自嘲をも思い返したい。

前章で確認したように、短詩型文学のさまざまな表現技法は、古代中世の和歌から近世の俳諧、近代の俳句にまで継承されている。

本歌取りは、芭蕉もしばしば俳諧にとり入れた。伊賀蕉門の服部土芳は『三冊子』の「あかさうし」で、古歌を本歌とする作句例にならべ、蘇東坡や杜牧の漢詩、源氏物語の情趣を生かした例（この場合、もとの古典を本説と云う）をも示している。

序詞や掛詞が、短詩型文学特有の二重性を有することはすでに述べた。発句や俳句における取合せは、自然の景物と人間の生活感情とをあわせ詠んで、構成の上でも働きの上でも、文脈の二重性を効かせる。中世期以降の和歌では自然詠の叙景歌が増え、俳句でも一物仕立てと呼ばれる単一構造の句は自然のみ、人事のみを材料とする。が、その場合でも、自然に感応した作者の心情がほのかに見えてくる。

そもそも、十七音の定型とともに俳句を定義づける季題季語が、花鳥風月と云った自然と人事とをあつかって、文脈の二重性を担保する言語装置である。『三冊子』の「わすれみづ」（くろさうし）に見られる芭蕉の「行きて帰る心」も、たんに切字や取合せの技法を説くだけでなく、二重性を指摘したものだろう。

現代の俳句は、短詩型文学特有の二重性にもっと注目してよいと思う。現代の国文学者鈴木日出男はこれを和歌表現における「心物対応構造」と呼んだ。自然と人間、四季の移りかわりと生活感情、景物と心情、物と心である。

枕詞や縁語は、現代では俳句に無用の存在として否定されがちである。けれども、上句に置かれた季題季語が、和歌の枕詞とよく似た姿かたちをしており、句の余情を生み出す。縁語による韻律の効果は、美しい詩調を奏でてくれる。俳諧連歌における付合《つけあい》の手法も、もとは縁語による連想の働きを継承したものだろう。

現代俳人は、いまだ和歌や物語、俳諧など古典の中に俳句の新たな可能性がひそんでいることを、芭蕉句と西行歌から学べるはずである。

《参考文献》

○西行

『山家集・金槐和歌集』（日本古典文学大系29）岩波書店（一九六一）

『山家集』（新潮日本古典集成49）新潮社（一九八二）

『新古今和歌集』（新日本古典文学大系11）岩波書店（一九九二）

『中世和歌集』（新編日本古典文学全集49）小学館（二〇〇〇）

井上靖『西行・山家集』学研M文庫（二〇〇一）

谷知子『和歌文学の基礎知識』角川選書（二〇〇六）

西澤美仁編『西行　魂の旅路』角川ソフィア文庫（二〇一〇）

塚本邦雄『西行百首』講談社文芸文庫（二〇一一）

佐藤和彦・樋口州男編『西行　花と旅の生涯』新人物文庫（二〇一二）

久保田淳・吉野朋美校注『西行全歌集』岩波文庫（二〇一三）

島内裕子『日本文学概論』放送大学教材（二〇一二）

島内裕子・渡部泰明『和歌文学の世界』放送大学教材（二〇一四）

○芭蕉

幸田露伴『芭蕉入門』新潮文庫（一九五六）

中村俊定校注『芭蕉俳句集』岩波文庫（一九七〇）

『松尾芭蕉集』（日本古典文学全集41）小学館（一九七二）
目崎徳衛『芭蕉のうちなる西行』花曜社（一九八〇）
伊藤博之『西行・芭蕉の詩学』大修館書店（二〇〇〇）
雲英末雄・佐藤勝明訳注『芭蕉全句集』角川ソフィア文庫（二〇一〇）
山本健吉『芭蕉全発句』講談社学術文庫（二〇一二）

○その他

石原八束『俳句の作り方　改訂版』明治書院（一九七六）

平明と流行——山田弘子の俳句

一　家族

敗戦直後の昭和二十一年、仏文学者桑原武夫が雑誌「世界」に発表した評論の中で、俳句は老人や病人の消閑の具で、現代人が心魂を打ち込むに値せず、強いて芸術の名を要求するなら「第二芸術」と呼ぶべしと云いはなって、俳句界に静かな衝撃をあたえた。誰にも安易に生産されるジャンルであり、芸術品として脆弱であるという主張であった。

たしかに、俳句はちっぽけな十七音の短詩にすぎない。おまけに、俳句にかぎらず芸術としての文学は、ほんらい、社会に有用なものではない。経済的にも道義的にも、実利実益から遠く切りはなされた、心の世界の遊び道具であろう。

しかしながら、現に、社会における、人生における「俳句有用論」というものがある。短詩型ジャンルに属する文学は、すでに古代中世の和歌や連歌の時代から、哲学と恋愛と社交のために有用な装置であった。近世の俳諧においても、連衆と呼ばれる協同体が社会生活上、一定の役割を果たした。誰にも安易に生産されるがゆえに、俳句は大変有用な文芸なのである。

成長期にある少年少女も、職業を持つ青年壮年も、子どもを養育することに専念する若い女性も、退職後の老人も、子育てを終えた主婦も、日常の「俳句づくり」をとおして他者、大きく云えば社会との関わりをひろげ、己が人生の意義を深めることができる。まなび始めの頃こそ単なる言葉遊びに過ぎないかもしれないが、数年たてば何らかのレベルの文芸に達し、季節をうたう五七五のポエムが、生きることの助けになってくる。これが社会、人生における「俳句有用論」である。

初学者は身辺詠、家族詠から、門に入ればよい。その先に、果てのない文学、芸術の世界が広がっているのである。

いわゆる台所俳句について、山田弘子は、句文集『空ふたつ』に収録された「厨」と題するエッセイで、〈女性俳句隆盛の原点はもちろん厨。かつて高濱虚子によって始められた女性の俳人を育てる為に誕生した「台所俳句」は、男性中心の世にあって画期的なことであったに違いない。そこからは長谷川かな女、竹下しづの女、杉田久女、星野立子、中村汀女などきら星のような女流俳句の先駆者たちが誕生した〉と、書いている。その系譜の先に、稲畑汀子や星野椿が、そして山田弘子もいる。

自分の孫を句材とすることについては、自解句集『夜光杯』で〈孫俳句を否定する人もいるが、生きる歴史の中でこうした感動はしっかり残しておくべきだと思う。ただし私ごとをべたべたと詠んではいけない〉と、述べている。実際彼女の句は、孫をあつかっても「孫」の語を用いず、自らを第三者あるいは母の立場において詠んでいる。

弘子の身辺詠、家族詠の句をいくつか読んでみよう。

＊

ふる里は遠し夜店の螢買ふ

第一句集『螢川』所収。昭和四十五年頃の夏。
女性が結婚し転居し、だんだんと故郷から離れていく不安、淋しさがよく表れている。素直な句柄からわかるとおり、初学時代の作で、誰からも好感をもって迎えられたことであろう。

主婦にある自由の時間秋灯下

『螢川』所収。昭和四十五年秋。
弘子俳句の原点となった句で、前書に「ホトトギス初入選」とある。転勤する夫につき従い広島市に移り住んだ弘子は、ある日、文化センターの俳句教室に入会する。子どもの頃親しんだ俳句を再び学んでみたいと思ったのである。通園バスから降りてきた幼い娘の手を引いて、そのまま遅刻しそうになりながら、毎回熱心に出席したと云う。

両腕に戻り来し子の冷伝はる

『螢川』所収。昭和四十八年冬。

学校から、近くの公園から、あるいは塾から、帰ってきた子を懐に抱きとめたときの母の心情が、まことに温かい。上五の「両腕に」は、云えそうで云えない。

　魂送りして来し母の足濡れて

『螢川』所収。昭和四十九年秋。
「霊（魂）送」は盆の行事で、八月十三日家に迎えた先祖の霊を十六日の夜、門前で苧殻を焚いて送る。弘子が生まれ育った兵庫県の和田山では、十六日早朝、桟俵の上に供え物をのせ、花と線香を携えて円山川まで歩いて行き、仏を流した。戻ってきた母の細い脚は朝露に濡れていた。

　勉強部屋覗くつもりの梨を剝く

『螢川』所収。昭和五十一年秋。
長男が関西の私立中学に入学すると、夫だけを広島に残し、二人の子を連れて大阪の千里ニュータウンにある自宅へ帰った。この句の時点で長男は高一、長女は小六である。弘子はエッセイで〈その頃は結構教育ママに徹したものだ〉と述懐している。

　友達のやうな夫婦や玉子酒

『螢川』所収。昭和五十一年冬。

夫は高校の同級生で、当初ほとんど交際がなく、卒業後の文通から親しくなったとエッセイに書いているが、弘子の照れ隠しかもしれない。昭和新世代の夫婦像である。

七 人 の 敵 あ る 夫 に 寒 卵

第二句集『こぶし坂』所収。昭和五十九年冬。

男は敷居をまたげば七人の敵がある。かつての日本でそんなふうに云った。伴侶のために栄養価の高い食事を用意する。良い妻、良い句である。ただし、外へ出て働く女性の増えた昨今、この生活感覚は理解されにくいかもしれない。

わ れ も ま た 厨 俳 人 大 根 煮 る

『こぶし坂』所収。昭和六十三年冬。

「厨俳人」も死語となった。厨と呼べる台所じたい、古い民家でもなければ、お目にかかれない。それゆえ記憶に残したい言葉ではある。季題季語の的確な選択によって、庶民の暮らしが味わい深く染みでた。

みな虚子のふところにあり花の雲

第三句集『懐』所収。平成六年春。

花は俳句最大の季題であり、「花の雲」は桜花爛漫、満開の花を棚びく雲に見立てた、やや古風な季題季語である。鎌倉の虚子忌で得たということの句も、一種の家族詠であろう。高濱虚子は昭和三十四年に没したものの、いまなお「ホトトギス」という擬似家族を束ねる、強大な磁力を持った家父長に外ならないからである。

どちらかといへば悪妻豆の飯

『懐』所収。平成七年夏。

「豆飯」はソラマメやグリンピースを炊き込んで、薄く塩味をつけたご飯。白と緑の対比が目に鮮やかで瑞々しい。平成七年は結社「円虹」船出の年で、おまけに一月発生した阪神・淡路大震災のショックも癒えないうちから、新結社の主宰として東奔西走せねばならず、もはや平凡な主婦には戻れない。ゆえに「悪妻」なのであろう。

柏餅母の手窪の小さかり

第四句集『春節』所収。平成九年夏。

母への思慕、恩愛の深さが小さな手の窪みから溢れでた。この句の鑑賞には、自解句集から弘子の文章をそのまま引用したい。

〈毎年五月が近づくと、母は持ち山から柏の葉を大きな笊一杯摘み取り、丁寧に洗って広げ干す。また蓬を摘んできて茹で上げ、とんとんとすりこぎで叩いて細かくする。青い匂いが家中に漂う。端午の節句には一日台所の湯気の中で柏餅づくりに精を出す。小柄で小さな掌から生まれる柏餅を子供たちは待ち構えるのだ〉

兄さんがあの世から来て相撲草

『春節』所収。平成九年秋。

歳時記で「相撲取草」は春の季に分類される「菫」「パンジー」の傍題でもあるが、この句ではオオバコ（車前草）かオヒシバ（雄日芝）、メヒシバ（雌日芝）のことか。茎を絡めて互いに引っ張り合って切れるまで競い合う、子どもの遊びである。弘子には三人の兄と一人の妹があった。すぐ上の兄はこの句が詠まれる三年前、六十代半ばで亡くなっている。年齢が近いせいもあって、幼い頃大自然の中で妹を含めた三人でよく遊んだと云う。

霜の夜は君が攫ひに来はせぬか

第六句集『残心』所収。平成十三年冬。

この年の秋、高校の同級生でもあった夫は大学のクラス会に出席していて突然倒れ、十日後、急性心筋梗塞であっけなく、さらわれるようにこの世を去った。六十七歳であった。冬が来ても、作者はまだ茫然としたままである。

寒卵こつんとたつた一人の音

遺句集『月の雛』所収。平成二十一年冬。

寒中の卵は永く貯蔵でき、滋養に富むと云われる。弘子が好んで詠んだ句材でもある。冷たい台所で「こつんと」響いた音に、晩年の孤独を感じたものであろう。

*

山田弘子は、昭和九年八月兵庫県北部の山間の町、和田山で生を享けた。

母は、女子高等師範学校を出て小学校教員として働く、云わば地方在住のキャリアウーマンであったが、同時に、田舎の長男の嫁として厳しい舅姑に仕えねばならず、弘子が小学校に上がる頃から心臓の病で床に臥しがちであった。この病弱で痩身の母は、八十歳まで生き延び、〈この世であなた方とのご縁を頂いたことを心から感謝しています〉という遺書を残した。

弘子は、地元の兵庫県立生野高等学校、京都北部の郡是製糸誠修学院をへて、県南部にある武庫川学院女子短期大学英文科を卒業したあと、いったん大阪で商社に就職し、昭和三十四年結婚して、一男一女をもうけた。結婚後は転勤する銀行員の夫に随い、大阪から広島、大阪、神戸、東京と転居をくり返し、昭和五十八年神戸に帰って、ようやく安住の地を得た。

二　草木

明治大正から昭和にかけて活躍した俳句作家で、偉大なオルガナイザーでもあった高濱虚子は、近代俳句界に「客観写生」「花鳥諷詠」という、二つの骨太の指導語をのこした。

虚子の師で、近世「俳諧」を革新して近代「俳句」を興した正岡子規は、旧派宗匠たちの作品を小賢しい知識と陳腐な理屈にまみれた「月並俳句」と見なして排斥し、洋画技法からヒントを得た「写生」の語を文芸に援用しようとした。明治二十八年の『俳諧大要』を読むと、作句法に、空想によるものと写実によるものとがあるとした上で、〈写実の目的を以て天然の風光を探ること最も俳句に適せり〉と断じている。

「ホトトギス」の高濱虚子は、当初「写生」を〈じつと物に眺め入ること〉と説明していたが、大正半ば頃から新たに「客観写生」論を唱えるようになる。『俳句への道』に収められた「客観写生（客観写生―主観―客観描写）」と題する俳話の中で、こんなふうに語っている。

〈俳句は客観写生に始まり、中頃は主観との交錯が色々あって、それからまた終いには客観描写に戻るという順序を履むのである〉

これは実作者ならではの所信であろうが、初学者にはわかりづらい。一句の仕立て方を云っているのか、それとも、何年にもおよぶ俳句修業の工程を解き明かしたものだろうか。山田弘子は、小学館「週刊日本の歳時記」で〈見たままを写生して俳句をつくることを繰り返しているうちに、やがてその人の主観というものが滲んでくるようになるのである〉と書いている。

俳句は短詩型文学とされる。文学は主観を表明するものである。ならば、人間社会や自然界のさまざまな現象を材料にしながら、「人間の内面」を描くのが文学としての俳句であろう。この前提があって初めて俳句における「客観写生」の理念も生きてくるのではないか。おのれの主観におぼれず、独りよがりに陥らず、冷静な第三者の観察眼をあわせ持つとき、生命、生活さらには人生の真実をも究明する、文学としての俳句を生み出せるのである。

もう一つの指導語である「花鳥諷詠」は、昭和の初め頃から提唱され始めた。昭和三年『虚子句集』に自序として付された、講演筆記から引用する。

〈花鳥諷詠と申しますのは花鳥風月を諷詠するといふことで、一層細密に云へば、春夏秋冬四時の移り変りに依つて起る自然界の現象、並にそれに伴ふ人事界の現象を諷詠するの謂であります〉

虚子は当初から、自然現象だけでなく人事を含めて、この言葉を用いている。それでも、たとえば水原秋櫻子などは、花鳥の標語だけが一人歩きすると生活を詠むことに無関心になりはせぬかと早い時期から懸念を示し、昭和五年第一句集『葛飾』において和歌の調べを生かした抒情美あふれる俳句を発表して、翌年「ホトトギス」を離脱している。

俳句は「花鳥諷詠」詩である。そう唱えるとき、花鳥は花鳥風月の略であって、これは大自然を意味する。自然には四季の移り変りがあって、人間はその季節の変化あるいは輪廻との関わりの中で生きている。具体的な作句においては、和歌文学の長い歴史のなかで磨かれてきた季の詞すなわち「季題季語」を用いて、自然と生活とを描写することになる。

こうしてみると、客観写生と花鳥諷詠の二つは、実作上あんがい容易ならざる指導語であって、それゆえ百年近く経っても論議の対象となるのであろう。自然を観察しつつ自己の内面を照射し、時間をかけてたゆまぬ修練に励むよう説いた、指導理念と云えようか。

弘子の自然詠の句を鑑賞しよう。

＊

ふるさとは植ゑしばかりの田の色に

『螢川』所収。昭和五十二年夏。

昭和二十年八月、芦屋の家を空襲で焼失した高濱年尾一家が、兵庫県和田山町の近所へ疎開して来た。弘子は「ホトトギス」との強い縁のようなものを感じている。二十一年但馬地区の児童生徒向け文芸誌「草笛」が発行されると、小学六年生であった弘子も、俳句・短歌・詩などを投稿し始めた。当時は小学校長以下の教員など、但馬の地にホトトギス系の俳人が多かったと云う。

六甲の風ぐせのまま辛夷咲く

『こぶし坂』所収。昭和六十一年春。
弘子の自宅は、神戸市街の東端に位置する東灘区の山の中腹にあった。冬には明石海峡からの冷たい西風が、市街地の背後にある六甲山系に当たって吹きおろす。いわゆる六甲颪である。春になれば、こんどは大阪平野のほうから東風が吹いてくる。季節の変化を「風ぐせ」の語がうまくとらえた。

三白草二白のときを剪られけり

『こぶし坂』所収。平成元年夏。
ドクダミ科の「半夏生」「片白草」を中国名で「三白草」と云うらしい。夏になると、長楕円形の葉の表面に白い斑が浮く。句意は、上から二枚目までの葉が白くなったところで、茶席の床の間に飾るためか、早くも剪られてしまったというのであろう。観察、発見の面白さがうまく表現された。

ひと時雨ふた時雨跡とどめずに

現代俳句文庫『山田弘子句集』中の「『こぶし坂』以後」所収。平成元年冬。

和歌の世界で愛誦された季の題と云えば、「時雨」であろうか。降り出したかと思うとやみ、止んだかと思うとまた降っている、冬の冷たい小雨である。途中の助詞を省略した「切れ」が、雨の止み間のごとき効果を演出した。

午後三時酔芙蓉なほゑひもせすん

「『こぶし坂』以後」所収。平成二年秋。

芙蓉はハスの花の古名で、よく美人にたとえられるが、季題季語としての「芙蓉」は、その水芙蓉ではなく、アオイ科の落葉低木、木芙蓉のほうである。「酔芙蓉」は八重咲きの園芸種で、朝に白かった花弁が時の経過とともにピンク、さらに紅へと変色するため、このような面白い名を授けられた。

稲畑汀子邸の句会で出句するや評判をとった快作で、作者自ら〈自分の殻を破った一句〉とする。その解題によれば〈秋も深まると太陽光線も弱くなって十分に染まらないのだな〉と思って〈何か憐れを覚えた〉ものらしい。注目すべきはやはり下の句であろう。いろは歌の一部引用であることを念押しするかのごとく四十八文字目の「ん」を付けて、六音の破調とした。句全体に切れ味の鋭さを求めただけとも云えようが、助動詞「ず」ならば打消し、「む（ん）」ならば意志をあらわすから、どうしても句意に迷いをのこす。あるいは「せず」と「せむ」との間で、揺れる心が表現されているのかもしれない。文法上の高下は別として、作者は白いまま染まらない酔芙蓉の花に思いを寄せているのである。発表後、掉尾の「ん」は誤植ではないか？という問合せもあったと聞く。当時「花鳥」主宰であった伊藤柏翠は、「ホトトギス」の可能性をおし広げる句と認めつつ、作る方も作る方なら採る方も採る方だと評した。

馬追の髭の先まで野のひかり

『懐』所収。平成五年秋。

「馬追」は緑色の体と長い触角が特徴的な昆虫で、鳴き声が馬追いの声に似てスイッチョンと聞こえるため、この名で呼ばれた。下五は、とても初心者に真似できまい。服部土芳『三冊子』によれば、芭蕉は〈物の見えたるひかり、いまだ心に消えざる中にいひとむべし〉と云った。

木洩日の隙間を飛んできし草矢

『懐』所収。平成六年夏。

「草矢」は、薄や茅の葉を指に挟んで飛ばす、投げ矢遊びである。太い脈を矢の柄に見立て、両脇の葉を矢羽根の形に裂く。まったくお金のかからない子どもの遊具と云える。この句の頃、長男家の孫たちはアメリカで暮らしていたから、弘子自身の幼時の記憶かもしれない。

しんしんと離島の蟬は草に鳴く

第五句集『草蟬』所収。平成十一年夏。

擬音語・擬声語・擬態語をオノマトペと云い、的確に用いれば俳句を面白くする。上五は擬声語ながら「深深（沈沈）」の文字を想起させて、不思議な韻律を生み出した。この蟬は、沖縄の本島以西に分布するクサゼミである。薄や茅の原あるいはサトウキビ畑などに棲息する、ごく小さな蟬で、ジージーと鳴くらしい。弘子は、鷹の渡りを見るため訪れた宮古諸島の伊良部島で、草むらで鳴くクサゼミを知った。

蕗の薹みどり何枚着てゐるか

『草蟬』所収。平成十二年春。

フキはキク科の多年草で、霜や雪にも負けず立春を過ぎる頃、淡い緑色の花芽を出す。これがフキノトウで、花芽は幾重にも薄い苞に包まれている。「薹」とは、くくたち、また花軸を云い、もとの意味は「塔」であるらしい。酢味噌和えや汁の実にして香りごと食するが、作者は早春の色あいに注目した。

凍蝶の紋にひとすぢ海の色

『草蟬』所収。平成十二年冬。

「凍蝶」「冬の蝶」はその語感から、晩秋過ぎてなお生き永らえている、弱々しいイメージで捉えられることが多いと思う。句づくりとしてはそれでよいが、現実には立羽蝶、蜆蝶などの中に、強い生命力をもって成虫で越冬する種が存在する。

君生きよ生きよと叩く鉦叩

『残心』所収。平成十三年秋。

「鉦叩」はコオロギ上科の昆虫で、一センチに満たない小さな雄がちんちんと鳴くところから、この名がある。ときどき心臓の不調を訴えていた伴侶がある日突然倒れて、十日ほど入院しただけで没した。「生きよ」のリフレインが哀しく切ない。

蛞蝓の月に啼く夜とてあらん

『残心』所収。平成十五年夏。

俗説で、ナメクジは啼くらしい。むろん現実のナメクジは啼かない。心の奥深くから孤愁を表出させた句であろう。

花合歓の抱きこぼしたる港の灯

『残心』所収。平成十五年夏。

神戸は坂の多い町である。弘子の自宅は山の中腹にあって、途中の坂道から見下ろす景色、とりわけ光まばゆい街と港の夜景は、息をのむほどに美しい。坂道をおりて行くと、谿あいに大きなネムノキがあった。

盛りとや言はん残菊とや言はん

『残心』所収。平成十六年秋。

晩秋、草木枯れ尽くした庭でひっそり咲き残る菊花は、まことに美しい。時期はずれ、役立たずの意で、俳諧味を醸し出すこともあろう。この句の場合、後者の味が濃いかもしれない。ならば、人事句としても面白い。

散りたくて散りたくて冬桜かな

『月の雛』所収。平成十七年冬。

朝桜、夕桜、夜桜、門桜、若桜、老桜、その他「桜花」の傍題、数知れず。「恋しくて恋しくて」も「死にたくて死にたくて」もあろうが、人の心のなかは、本当のところ誰にもわからない。冬桜は寂しさの象徴であろうか。

*

山田弘子は、結婚後八年ほど経った昭和四十二年、自宅で小中学生相手のピアノ教室を開いた。翌年には転勤する夫に随って広島へ転居したので、ピアノ教室の経営は短い期間でしかなかった。

その後は、転居した土地で、趣味にしていた手描染色の教室を開いた。この服飾やインテリアの布に染料で絵を描く「虹の会」の指導のため、平成七年俳句結社「円虹」を興して多忙を極めるようになる頃まで、およそ約二十年間、東京・神戸間を何度も往き来した。

弘子は、早くから指導者の資質を備えていたようである。小学校教員であった母の後ろ姿を見て育ったせいかもしれない。

三　流行

伊賀蕉門の重鎮、服部土芳の秘伝書とされる『三冊子』のうち「赤さうし」の冒頭に、あまりに有名な俳論が配置されている。

〈師の風雅に、万代不易あり、一時の変化あり。この二つに究り、その本一つなり〉

簡単に意訳すると、芭蕉の俳諧には永遠に変化しない確固たるものがあるけれど、模倣に終始すれば停滞、陳腐化してしまうのだから、大自然が千変万化するのと同じように、変化を恐れず誠の俳諧を求めなさい、と云うのである。

『去来抄』では、これを〈蕉門に千歳不易の句、一時流行の句といふあり〉と表現している。同じ「赤さうし」で〈新しみは俳諧の花なり〉として、常に風雅の誠、ほんものの俳諧を求めて一歩前進するところから、新しい俳諧が生まれるのだ、とも述べている。

むろん、変化流行の風に流されてしまってはいけない。かといって、古い俳句に立ち止まっていてもいけない。常に新しい変化「流行」を追求しなければ、生きた文学として成立しなくなるのである。

＊

入梅を告ぐオムレツの黄なる朝

『螢川』所収。昭和五十年夏。

暦の上で立春から百三十五日目、近年の数え方で百二十七日目を入梅とするが、現実の梅雨入りは年によって異なるため、季題としての「入梅」は梅雨の初めを云う。入梅とオムレツの取合せは、機知と言語表現の豊かさを感じさせる。弘子俳句は、特に初期の頃、しばしば「感性」の語で評された。曰く、豊かな感性、鋭い感性、女性らしい感性、都会的な感性。たとえば、第一句集に寄せた序文で稲畑汀子は〈都会的なものと田園的なものの融和であり、ナイーヴな感性と、感性に溺れない知性との不思議な融和である〉と解説している。

マスクしてものを一直線に見る

『螢川』所収。昭和五十九年冬。

すこし古い歳時記を見ると、病人でもないのにマスクをして外を歩いているのは日本人くらいのものだ、と書いてあった。しかし近頃は、花粉だけでなく微細な煤煙のせいで、マスク姿の人が経済発展著しいアジアの国々でずいぶん増えているらしい。この句の主人公は、少し古い時代のマスク人間であろう。一直線にものを見る挑戦的な態度に、自ら酔い痴れている。

鳥帰る空の一角伸びてゆく

『こぶし坂』所収。昭和六十年春。

雁、鴨、鶴など日本で越冬した鳥が、春になって北へ帰ることを「鳥帰る」と云う。鳴や千鳥のように、夏から秋にかけて日本を通過して南下し、春にまた北方へ渡ってゆく旅鳥もいる。やや比喩的に「鳥雲に（入る）」の季題季語を用いることもある。本句はいわゆる客観写生でありながら、観念的な表現法が採用されている。長い飛行距離と苦難の旅路を「伸びてゆく」と表現して、実に巧みである。

モンローの手型に落としたる嚔《くさめ》

自解句集『夜光杯』所収。昭和六十三年冬。

この年の暮れ、「ホトトギス」の稲畑汀子主宰らとアメリカアリゾナ・西海岸へ出かけた。ハリウッドの映画館で、敷石にはめ込まれた映画スターの手型や靴型を見たときの即興句である。セックス・シンボルとも云われた女優マリリン・モンローと、くしゃみとの取合せの落差が、なんとも云えず可笑しい。

猫の恋巴里の月下でありにけり

『懐』所収。平成三年春。

第三句集中「イスタンブール行　六句」と詞書のある一句目である。弘子は平成二年暮れから翌年初めにかけて、稲畑汀子ら約三十名の俳仲間とともに、トルコ・イスタンブールを訪ねた。〈八日間イスタンブールのみに絞った旅程〉で、〈イスタンブール滞在丸五日間〉であったと、エッセイに書いている。つまり、実際パリの月下で詠んだ句ではないらしい。イスタンブールはヨーロッパ大陸とアジア大陸との接点と云うそうだから、パリを連想させる街区か宮殿があって、そこを散策したのであろう。「猫の恋」と「巴里の月下」の取合せがなんとも小粋で、楽しい一句である。

チューリップ月に傾き眠る街

『懐』所収。平成五年春。

句集中「ドイツ・ミュンヘン　十句」の二句目。日独俳句交流ゼミナールの旅である。弘子はこの年以降、日本伝統俳句協会の一員として幾度かミュンヘンを訪ねており、現地大学の公開講座で講演したこともある。チューリップは、夜になると花を閉じる。気温の変化で花弁の内側と外側の細胞の伸張率が異なるせいで、開閉運動を起こすものらしい。これを「月に傾き」と詠んだ感覚が繊細である。花の色は赤か白か黄か桃か、それとも黒紫か。だれかに尋ねてみてもたのしい。

まだ踊り足らざる手足なりしかな

『懐』所収。平成五年秋。

徳島の阿波踊に取材した句である。詠嘆の切字「かな」からは、祭りあとの興奮や身体の疲労までもが伝わってくる。昭和五十五年「ホトトギス」一千号発行を記念して踊りの連を組むことになり、このち弘子もお揃いの踊浴衣に身をつつんで参加した。ホトトギス連は平成十年頃まで続いた。

円虹をもて六甲の春意とす

『懐』所収。平成六年春。

のどやかな春の気分、情感を「春意」と呼ぶ。「円虹」の語は、高山の頂で日の出か日の入りのとき見ることのできる、御来迎のことを云うかと思われるが、掲句では、吟行の折に見た、太陽の周囲にかかった虹の輪のことである。翌年創刊する俳誌「円虹」の名は、この句から採った。

鶏頭の赤が最も暗き庭

『懐』所収。平成六年秋。

「鶏頭」は句会の席題であった。昭和五十三年母が亡くなった日の庭に、鶏頭の赤い花が咲いていた。たしかに鶏頭を仏花に用いることは多い。赤は血の色であり、情念の象徴でもある。明るい庭に咲いた、明るい花が、作者には最も暗く見えたのである。鶏頭の濃い赤は、どこかに暗部を抱え込んでいるようで、冷徹な観察の眼が感じられる。明るい庭先から淀んだ暗みへ、読み手の心を沈みこませるような作品である。

　みづうみに触れんばかりの焚火かな

『懐』所収。平成六年冬。

　美しい叙景句であり、抒情句である。琵琶湖あたりの旅吟かもしれないが、どこかの湖畔のキャンプ・ファイアと読みたい。触れあうのは湖水と焚火ばかりでなく、火影ゆらめく男女の肩と肩も、触れあっている。

　放心をくるむ毛布の一枚に

『懐』所収。平成七年冬。

　平成七年一月十七日の未明、神戸・阪神間・淡路島北部一帯を震度七の大地震が襲った。古い木造家屋はばらばらに倒壊し、鉄筋コンクリートのビルも膝が崩れるように一階がぺしゃんこに押し潰されて全体が傾き、住宅密集地から発生した幾つもの火炎は人も家も焼き尽くし、街は真っ黒な焦土と化した。直接の死者だけで六千名を数えた。現実に、一枚の毛布しか持たない被災者もいたのである。弘子の自宅は神戸の山の中腹にあって、直接の被害は小さかったが、それでも、電気・水道・ガス・電車・バスといったライフラインが幾日も遮断されてしまった。

倒壊の屋根を歩めり寒鳥

『懐』所収。平成七年冬。

句集中、前書に「阪神大震災 五句」とある一句目が先の放心の句で、この寒鳥の句は第二句に置かれている。一見ユーモラスな姿ながら、現実には屋根瓦の下に救出を待つ人（死体）が埋まっているかもしれないという、恐ろしい状況詩なのである。当時、山田弘子にかぎらず関西の俳人たちは、震災を詠むことにためらいを感じていた。

標的は吾かも鷹の急降下

『草蟬』所収。平成十一年（鷹渡る）秋。

前書に「宮古島 二十六句」とある。見上げている人たちの緊張感が伝わってくる。

芋虫に神はこよなき色賜ふ

『草蟬』所収。平成十二年秋。

蝶や蛾の幼虫でありながら、毛のない容姿と奇妙な動きのせいか、「芋虫」は気持ち悪がられることが多い。野菜の葉を食い尽くすので、悪魔の如く罵られることもある。そんな小さな動物に、神は「こよなき色」を与えたと云う。芋虫はたいてい緑色で、褐色や黒色のものもいる。作者はいつまでも、葉の上でうごめく、小さな虫を見つめている。

　蛞蝓の昨日を歩きゐるやうな

『残心』所収。平成十六年夏。
近頃では溝が清潔になったし、台所も南向きに設計されてシステム化され、ほとんどナメクジの姿を見かけなくなった。なんだか淋しいような気もする。子どもの頃ぬめぬめしたナメクジの体に、塩をかけて遊んだものである。ナメクジの動きをじっと見ていると、たしかに昨日を歩いている。弘子は「蛞蝓」を好んで詠んだ。懐かしい故郷と、病弱な母のことを思い出したのかもしれない。

　蓑虫の子に紅絹着せむ藍着せむ

『月の雛』所収。平成十八年秋。
「紅絹」はキク科のベニバナで染めた絹布で、「もみ」と読ませる。「藍」はタデ科のアイで染めた色糸を云うのであろう。弘子は染色画の先生でもあった。

苦瓜の棚くぐり入るバー奈々子

『月の雛』所収。平成十九年秋。

苦瓜は主として観賞用の植物であったが、近年では沖縄料理の食材として好まれ、蔓が真夏の日除けに利用されたりもする。この句の「苦瓜の棚」はどちらであろうか。バーの扉を開けてカウンターに座ったとたん、刻んで油炒めした苦瓜の小鉢を、突出しで出されそうな気がする。伝統俳句の枠に収まりきらない下五によって、遊び心のある挨拶句が生まれた。

夕焼がきりんの首を降りて来る

『月の雛』所収。平成二十一年夏。

夕焼け空ときりんの長い首を取り合せた俳句なら、過去にいくつか詠まれたのではあるまいか。アフリカの草原の映像で、そんなショットを見かけた気もする。しかし、この句では、夕焼が「首を降りて来る」のである。釣瓶落しと云えば、秋の日の暮れやすいことの意であるが、きりんの首を滑り台よろしく降りてくる夕焼は、なんとも愉快なメルヘンである。それでいて、少しもの悲しい。

＊

山田弘子は、昭和四十五年頃から転居先の広島で、俳句を学び始める。「芽柳句会」指導者の内田柳影は、「ホトトギス」同人であり、「雨月」の同人でもあった。この指導者の影響で、大橋櫻坡子主宰の「雨月」に所属し、高濱年尾率いる「ホトトギス」にも投句し始めた。四十八年大阪にもどると、山内山彦ら「雨月」会員たちとの交流を深める一方、「ホトトギス」の稲畑汀子らの近くで研鑽を積むことになる。

また、但馬に住む実兄が「木兎」主宰京極杞陽の門下であった縁で、梅田の太融寺で開かれる大阪木兎会の月例会にも参加するようになった。豊岡藩京極家の第十四代当主にあたる杞陽の選は、厳しさに定評があった。弘子の高い詩精神や郷土愛、虚子崇拝などは、この杞陽から大きく影響を受けたものであろう。後年、弘子は京極杞陽精選句集を編んでいる。

四　平明

「平明にして余韻ある俳句」を標榜する態度は、もともと、明治末期に河東碧梧桐らが展開した新傾向俳句の運動に対抗して、その難解さを攻撃目標に据えるため、高濱虚子が用いた指導理念とされる。

江戸時代初期の連歌師松永貞徳は、俗語すなわち「平明」な日常語を使って、ごく一部の文化人、知識人の教養から一般庶民の文芸へと、俳諧の世界を拡大させた。その弟子である北村季吟は、晩年、歌学方として幕府に召される教養豊かな学者であったが、伊賀上野時代の松尾宗房、のちの芭蕉が、その季吟から貞門の俳諧を学んでいる。

芭蕉と云えば、服部土芳の『三冊子』に、〈俳諧は三尺の童にさせよ〉という有名な言葉がある。初心を忘れず、純真な心で、素直な句を詠みなさいと諭しているのであろう。一方、向井去来の『去来抄』には、〈句調《ととの》はずんば舌頭《ぜっとう》に千転せよ〉の言葉が遺されている。うたの調べをおろそかにしてはいけないと云う、芭蕉の教えであろう。

小学館「週刊日本の歳時記」の連載で、これらの言葉を引用しながら、弘子は〈俳句というのは難しい言葉を用いたり、まわりくどい表現をする必要はまったくない。じつは、平明で余韻のある句というのがもっとも難しいのだ、ということも承知しておきたい。平明な句とは「日本語」のもつ柔らかさ、深さを大切にした句ということである〉と、書いている。

初学者向けの指導であろうが、やたらと読みにくい漢字や意味不明の古語を用いたがる、現代の多くの俳句作家に読み聞かせたい言葉ではある。古典の知識・教養だけでなく、大衆性もまた芸術（文学）に欠かせない要件の一つなのである。

なお、平明な句をつくるため、助詞を工夫することも大切であるが、文法は実際の添削指導の場で語られるべきテーマであろう。代わって「口語調」に触れておきたい。江戸の小林一茶や大正昭和の種田山頭火を引き合いに出すまでもない。句文集『空ふたつ』に収められた「口語俳句」と題する文で、弘子はこう述べている。

〈俳句という短詩形には、文語体のもつ切字や簡潔な省略がとても有効な手段だ。俳句は制約の多い詩であるし、その制約があればこそ俳句という詩形は今日まで生き残ることが出来たと考えている〉〈俳句は基本は文語である〉〈が、どうしても口語でなければ気持ちを表現出来ない場合がある。口をつくようにして生まれた俳句が結果として口語俳句になっているということである〉〈口語俳句によってこそ生きる俳句もまたたのしい〉

＊

パンジーのあなたの好きな色はどれ

『螢川』所収。昭和五十一年春。

初学の作と云うなかれ。若々しさ、女性らしさを前面に押し出した明るい句である。老いさらばえた爺や婆には、逆立ちしたってまさか詠めまい。後年話題になった俵万智の歌集『サラダ記念日』が発表される、十一年も前にうたわれた短詩句である。弘子もまた明るい性格の女性であった。このような口語俳句を採った、選者の懐の深さにも感心する。

　　さよならは嫌ひなことば桜餅

「『こぶし坂』以後」所収。平成二年春。

　春の季題になぜか餅が多い。草餅、蓬餅、蕨餅、鶯餅、椿餅など。春を迎えた歓び、開放感を庶民なりに食べ物で表現しようとしたものか。ひと恋しい心情が強い口調で吐き出され、あとを受けた「桜餅」は、つつみ込むように優しい。

　　物拾ふとき着膨れてをりにけり

『懐』所収。平成三年冬。

　動作が緩慢になって、おかしいなと思うことがある。加齢のせいかと思ったりもする。そんなとき、ああ、外出で着ぶくれていたんだわと気づいたのであろう。上品な笑いが愉しい。

　　ビールなら頂くワイン駄目だけど

「『こぶし坂』以後」所収。平成四年夏。

　この頃の弘子の句に、ビールなどの酒に材をとったものが多い。女性にとっては一種の偽悪的態度かもしれない。否、そんな鑑賞法はすでに古臭いのかもしれない。居酒屋でメニュー表を手にした女性グループが、騒がしく片っ端からアルコール類を注文している。そんな会話の一片を切り取った作であろう。

わが窓の下に花火の空ふたつ

『こぶし坂』以後」所収。平成四年夏。

美しい状景ながら、句意が今一つ判然としない。空二つとは、書斎の南窓に映った空と、実際の大阪湾の上空、二つの空の意味であろうか。それとも、書斎（仕事部屋）が三階にあったというから、階下の二つの窓に揚花火の空が映っている様子であろうか、と考え迷ってしまった。実は、この年八月一日の夜、西の神戸港と東の大阪富田林とで、大きな花火大会が同時開催されている。窓の下に空があるというのは、自宅が山の中腹の高台にあったから。

いくらでも雨を抱けさう箒草

『春節』所収。平成八年夏。

弘子お気に入りの一句である。吟行に出かけた寺院の庭に、細い血管のような幹を持つホウキグサ（帚木、ハハキグサとも）が、等間隔で並んでいた。細く柔らかな淡い緑色の葉に、梅雨の名残りの細やかな雨が降りそそぐ。いくらでも雨を抱きとめてくれそうな、そんな緑の真綿が優しい。

新涼やさらりと人をかはしもす

『春節』所収。平成九年秋。

「涼し」が、夏の暑さのなか木蔭のそよ風や水の音や扇の風からわずかに感じとれる涼気を云うのに対し、「新涼」は、秋の訪れ、季節の変化を表現する季の詞である。弘子は自解句集『夜光杯』において、この句の「新涼」を〈メンタルなとらえ方をしたもの〉と説明し、〈季題の既成概念に囚われず、それを押し広げていくということを私は努めている〉と作句上の信念を語っている。

ちゃんちゃんこなどは一生着るものか

『草蟬』所収。平成十一年冬。

袖なしの綿入れ。それにしても、還暦祝いの赤いちゃんちゃんこを着る風習くらい、訳のわからないものはない。六十歳で世間並みの寿命を越えたら子どもに還るのだ、と聞かされてもどうにも納得できない。こういう句は、口語調でしか詠めないものである。

遺言のやうにもの言ふ人の秋

『草蟬』所収。平成十一年秋。

遺言のようにものを云われても困るわという、作者の呟きであろう。相手は大病をした人かもしれないが、ふだんから遺言めいた言い回しを好む人もいる。「秋」の取合せは、芭蕉の〈物いへば唇寒し秋の風〉からの連想であろうか。余計なことは、云わぬが花。

人間は忙しさうよ穴《あな》惑《まどい》

『草蟬』所収。平成十一年秋。

秋の彼岸を過ぎて、いまだ冬眠の穴に入らず、あたりをうろうろしている蛇が穴惑である。風流と云えば風流であるが、人間サマだって年中忙しく働いて、穴惑のようなものじゃないか。結社の主宰として北海道から沖縄の宮古島まで、さらには、シルクロード敦煌、アメリカ西海岸、トルコ・イスタンブール、ドイツ・ミュンヘンなどの海外へと、常に動き回っていなければならない俳人生活を自嘲した句であろうか。

人参は嫌ひ赤毛のアンが好き

『草蟬』所収。平成十一年冬。

児童文学『赤毛のアン』の少女アン・シャーリーは孤児で、赤い髪をニンジンとからかわれた。一方、『にんじん』の主人公フランソワ・ルピック少年は幼少期、家族から苛められてひどい扱いを受けた。文学好きの女性たちの会話を採録した句であろう。

風呂吹をふうふう吹いてさびしけれ

『残心』所収。平成十三年冬。

大根や蕪を茹でて味噌をつけて食べる。寒い夜には、ことのほか懐かしい味がする。ふうふうと口を尖らせ、おいしいねと言ってから、ふとその場にもういない人のことを思い出したのである。下五が哀切である。

氷紋の窓に鼻あてさやうなら

『残心』所収。平成十四年冬。

「氷紋」という季題季語は、とんと見かけない。俳句に詠まれることは少ないのではないか。しかし、この句の場合、氷の窓や凍て窓では、おさまりが悪かろう。主人公は電車に乗りこんだ孫か、吟行地で別れようとする俳友か。あんがい、作者自身の所作を詠んだ句かもしれない。窓の外の夜闇に向かって、下五の挨拶をささやいてみたのである。

京の底冷とはこんなものぢやない

『残心』所収。平成十四年冬。

「寒し」や「冷たし」より、はるかに厳しく、骨身にしみとおるような感覚が「底冷」である。

京都や金沢のような盆地の古都に似合う季題季語と云えようか。京都吟行で、寒いわねと話しかけたとき、現地の俳人から返された台詞かもしれない。

春眠の底まで逢ひに来たる人

『月の雛』所収。平成十七年春。

亡くなった人を想い偲ぶ。その人は、ときに親であり、伯叔父や伯叔母であり、恩師であり、幼馴染の友であり、夫でもあろう。しかし、どことなく艶冶な恋句の匂いもする。

居候らしく草取などもして

『月の雛』所収。平成二十年夏。

この頃、自宅兼発行所の改修工事のため、弘子は娘の家に居候していた。ことさらに草取りなどを持ち出したのは、むろん諧謔精神である。

短日や電子レンジに忘れもの

『月の雛』所収。平成二十一年冬。

一年のうちもっとも昼の時間が短いのは冬至の日で、以降徐々に長くなってゆく。それでも一月いっぱいくらい「短日」を感じるものである。夕飯の仕度をしようと思って電子レンジの扉を開けたら、そこに昼の忘れ物を見つけた。滑稽句でありながら、老いを感じさせて、ちょっぴり哀しい。

*

俳誌「円虹」発行所を兼ねた弘子の家は、海を見下ろす神戸六甲の山の中腹に開かれた新興住宅街の中にあって、途中の坂道に、谿に沿って約二十本ばかり辛夷の木が並んでいた。弘子はこの純白の花をこよなく愛し、春が来ると毎年のように句に詠み、エッセイに書きとめた。また、その「こぶし坂」から近く谿あいにあった大きな合歓の木も、彼女の愛する句材であった。

平成十一年以降、弘子は年二、三回のペースで沖縄の南の島、宮古島を訪問している。島の俳人たちと交流し、子どもたちに俳句作りを指導して、俳誌「円虹」に宮古島子どもページを設けた。但馬地方の山間部で生まれ育った弘子にとって、南海の島の子どもたちが詠む平明な句は懐かしく、限りない可能性を秘めた文芸と思えたのである。

五　伝統

文学作品で用いられる言葉が、先行する古典や古い時代の社会生活から引き継がれてきたものであるとき、その言葉に伴う約束事を「本意」と書き表わして、ふつう「ほい」と発音する。本情とも云う。歴史的な背景を持った言葉から生まれる情念、印象こそが、文学用語としての本当の意味、本質だと云うのである。

この本意からはずれた句を詠むと、たいてい失敗する。早い話、花咲く春は麗かでなければならず、紅葉散る秋は寂しくなければならない、というが如きである。ことに伝統俳句の世界において、季題の本意は大切なものとされている。

ただし、伝統を伝統たらしめるためには、矛盾して聞こえるかもしれないが、平明と流行を忘れてはならない。難解な雅語にこだわるだけではいけないし、古人の模倣に堕してもいけない。正岡子規の云った「月並」に陥る。やさしい言葉づかいで、季題季語の本意に新たな光をあて、芭蕉の確立した俳句の枠をうんと押し拡げたい。

江戸中期すでにこの難問に挑んだ俳人がいる。与謝蕪村である。一流の画家で、芭蕉に憧れた蕪村は、絵画のような、物語のような、抒情的、浪漫的、幻想的、写実的で、滑稽で、ときに生活臭のある句さえ、詠みきった天才であった。だから子規は、直観的に蕪村を高く評価したのであろう。現代俳人山田弘子もまた、〈読初や蕪村びいきに傾きつ〉（『残心』）と詠んで、蕪村に憧れた一人に違いない。

＊

去 に 急 ぐ 頃 よ り 祇 園 囃 子 急

『螢川』所収。昭和四十九年夏。

祇園祭は、京都東山の八坂神社の祭礼で、日本三大祭りの一つ。七月十七日山鉾巡行と神幸祭でピークを迎える。上五は「いにいそぐ」と読むのであろう。大勢の人混みの中、帰りを急いでいるわけだから、宵山のとき詠まれた句かもしれない。七月に入ると早くも鉾立ての頃から、祇園囃子が賑やかにコンチキチンと奏でられ、京の町は祭り気分に包まれる。二つの「急」の文字が、雑踏のあわただしさを活写した。

雪 女 郎 の 眉 を も ら ひ し 程 の 月

『螢川』所収。昭和五十七年冬。

実際に雪原の妖怪、雪女郎の眉を見た人など誰もいない。それでいて、三日月のようなと云われたら、なるほどそうかと納得してしまう。確かな写生力に裏打ちされた、実に巧みな、見立ての一句である。

鶴羽をひろげ朝かげ放ちけり

『こぶし坂』所収。昭和六十三年冬。
「ホトトギス」で初巻頭を飾った句である。伝統俳句の世界に、新たな個性の出現を告げたとされる。一読して上五に違和感を覚えるかもしれないが、「鶴」の後に主格の助詞が省略されている。作者らは長崎から天草を経て、鹿児島の出水を訪ね、八千羽もの鶴の大群舞を目撃した。日暮れ時、あちらこちらの森や林から甲高い鳴き声が湧き立ち、荒々しい羽音を響かせながら、鶴の大群が餌田に舞い降りるさまは、おそろしくさえ思えた。

大文字に京の方角定まりぬ

『こぶし坂』所収。昭和六十三年秋。
屛風絵か歴史絵巻を見るような風格のある大作である。八月十六日の宵、京都東山にある如意ヶ岳の西峰、大文字山の中腹で、大の字の形をした盆の送り火が焚かれる。京洛の人々は鴨川にかかる橋の上から、あるいは自宅の二階からこの火を見物する。この夜は、他の山でも妙法、船形、左大文字、鳥居形といった送り火が焚かれ、古都に盂蘭盆の終わりが告げられるのである。

叡山の鋭角となる舟遊

「『こぶし坂』以後」所収。平成三年夏。

琵琶湖畔、草津の烏丸半島に蓮の群生地がある。俳諧の祖とされる山崎宗鑑の生誕地はこのあたりらしい。弘子ら一行は近江路に遊んで琵琶湖の古式漁法を見学し料理に舌鼓を打った。舟が進むほどに比叡山の姿は変化し、やがて鋭角に見えた。エイの音の繰り返しが、ゆったりとした時の流れを表現する。

初刷の一書しづかに日の机

『懐』所収。平成七年新年。

「初刷の一書」とは、伝統俳句の新天地を開拓するべく、自ら主宰となって結成したばかりの結社が発行する、俳誌「円虹」の創刊号である。年初の静謐な厳粛さのなかに、歓喜の心情が溢れでた。むろん、直後に阪神・淡路大震災が発生することなど、このとき作者は知る由もない。

除夜の鐘僧の反り身を月光に

『春節』所収。平成七年冬。

絵画のごとく美しい円熟の一句。格調の高さに脱帽するほかない。大震災を体験した年の大晦日、弘子は友を誘うことなく、一人で高野山に詣でた。龍光院から奥の明神まで大松明とともに運ばれる御幣納めの行事を見ることと、大震災で犠牲になった多くの霊魂を密かに弔うことが、目的であった。

蒼海へ鷹を放ちし神の島

『草蟬』所収。平成十一年（鷹渡る）秋。

宮古諸島は、秋に何万という鷹が南下する中継地である。沖縄の那覇から宮古島の本島まで飛行機で四十五分、さらに十五分連絡船に乗ると、大神島に着く。人口数十人だけの小さな離島で、ユタと呼ばれるシャーマンすなわち神の使いをする女性の住む、神聖な島である。全体が小高い山になっており、頂上から真っ青な海に向かって、美しく厳かにたくさんの鷹が悠然と舞っていた。この句を刻んだ石碑は、いま宮古島の公園内に設置されている。

みよし野の花の残心辿らばや

『残心』所収。平成十四年春。

関西在住の俳人にとって、否、ほとんどの日本人にとって、奈良の吉野山は和の心の聖地である。皇子であった天武天皇が出家隠棲したとき詠んだ吉野の歌が万葉集に採られているし、鎌倉から討伐されかけた源義経と弁慶が駆けこんだのも吉野であるし、京都から逃れた後醍醐天皇が南朝をたてたのも吉野であった。むろん西行が庵を結んだ地であり、古今集、新古今集にもたびたび吉野の桜は登場する。「残心」は、武道や芸道の用語で、仕舞を迎えても気を抜かず、なお次の動きに備える心構えを云う。中七の「花の残心」を得た時点で、この句は成功している。そのうえ下五の和歌的表現であるから、おそろしく完成度が高い。

半年前に夫と永別し傷心癒えぬ弘子は、自ら車のハンドルを握って吉野山での句会に参加し、この残花の句を投じた。

鮟 鱇 の あ ん の 唇 か う の 顎

『残心』所収。平成十四年冬。

鮟鱇は、海底深くに棲む硬骨魚である。体軀は扁平で大きく、口が広く、長い髭があって容貌怪奇。見ようによってはユーモラスな顔立ちで、鍋にすると美味である。作者の的確な観察眼と、思いきった表現の落差が面白い。あるいは、酔った者たちの掛け合いのルポルタージュかもしれない。

手向けばや円山川の草摘みて

『残心』所収。平成十五年春。

円山川は兵庫県北部を流れる一級河川で、朝来市生野町の円山を源に北上し、豊岡市で日本海へとそそぐ。但馬出身の弘子にとっては故郷の代名詞とも云える。平成十五年二月、高濱年尾夫人の葬儀が東京で営まれた。敗戦直後、年尾一家が兵庫県の和田山町へ疎開したおり、小学生の弘子は、喜美夫人とも出会っている。

空蟬を机上に置けば飼ふごとし

『月の雛』所収。平成十八年夏。

「空蟬」は蟬の抜け殻で、古来、むなしいこと、はかないことのたとえに用いられた。和歌の枕詞となり、『源氏物語』の巻の名前にもなった。そんな空蟬を机上で飼うとは、如何なる寓意であろうか。作家として、また一人の女性としての、喜悦と虚無の象徴なのかもしれない。

灯を消して月の雛としばらくを

『月の雛』所収。平成十九年春。

遺句集の表題となった作品である。電灯を消して、月光に照らされた雛飾りを眺めていると き、作者は一人であったか。家族や友人たちが立ち去ったあと、かすかな月明りの中、孤独の世界に沈んでいるのであろう。己が人生の曲折を振り返りながら、妖しく光る人形の横顔に、何ごとか語りかけている。

眼の翡翠のこし蟷螂死にゆくか

『月の雛』所収。平成十九年秋。

ヒスイは翠緑色をした光沢のある宝石で、トウロウすなわちカマキリの複眼は、たしかに翡翠石に見える。近づくと、黒目のような小さな黒点があることに気づくが、これを偽瞳孔と云う。また、夜になれば眼全体が真っ黒に見えて、すこし気味がわるい。この句には、村上鬼城の〈冬蜂の死にどころなく歩きけり〉の句を髣髴とさせる、気高さと剛直さとがある。死にゆく蟷螂の眼は、滅びの美の象徴なのであろう。むろんそんな事実はないのだが、なにやら辞世の句の趣すら漂う。

胸に棲む人と酌む酒十三夜

『月の雛』所収。平成二十一年秋。

陰暦九月十三日の月を「後の月」と云う。八月十五夜の頃より季節も進んで、夜はかなり冷えこむため、ものさびしさが深まる。弘子の亡き夫の命日もこの季節である。

セーターの闇くぐる間に一決す

『月の雛』所収。平成二十一年冬。

最後の句集中、もっとも話題を呼んだ作品である。弘子代表句と云って差し支えなかろう。彼女は物事に拘泥しない、さっぱりとした性格であった。それでも心に闇を抱えることだってあったはず。セーターを脱ぎ着る日常の動作の一瞬に、いさぎよく何ごとかを決意した。

＊

山田弘子は、昭和五十五年俳句結社「ホトトギス」同人に推挙され、同六十二年「ホトトギス」を母体に日本伝統俳句協会が設立されるとこれに参加し、のち役員に就任する。平成三年には第二回日本伝統俳句協会賞を受賞した。この頃から、日本国内だけでなく、海外にまで俳句指導に出向くようになり、また、結社の枠にこだわらない横断的な俳壇活動にも、精力的に取り組んでゆく。

平成七年、俳誌「円虹」を創刊し、主宰として立つ。同年一月阪神・淡路大震災が発生して周辺に甚大な被害を受けたが、影響を最小限に抑えるべく奔走し、結社を継続発展させる。

誌友に対しては、有季定型と歴史的かなづかいを骨格とし、客観写生と花鳥諷詠のホトトギス系伝統理念にのっとりつつも、現代感覚を生かした新しい時代の俳句を求めた。自らは結社の主宰、教室の講師、各地イベントの選者などで多忙を極める日々をおくりながら、柔軟な発想と鋭い観察眼をもって自然と生活を見つめ、ときに女性らしくユーモアをまじえた軽やかな調べの中に、高い詩精神を模索しつづけた俳人と云えよう。

平成十一年以降、神戸新聞文芸欄の俳句選者。平成十四年兵庫県文化賞受賞。平成十五年から二年間NHK俳壇の選者をつとめると、全国的な知名度が増した。平成十九年、大阪俳人クラブ会長に就任。平成二十年、第十九回日本伝統俳句協会賞受賞。

平成二十二年二月、心不全により急逝。享年七十五歳。七つの句集といくつかの評論、随筆を遺した。

《参考文献》

○山田弘子の句集

『螢川』東京美術（一九八四）、再刊・ウエップ俳句新書（二〇〇三）
『こぶし坂』東京四季出版（一九九〇）
『山田弘子句集』（現代俳句文庫10）ふらんす堂（一九九三）
『懐』富士見書房（一九九六）
『山田弘子』花神社（一九九九）
『春節』日本伝統俳句協会叢書32（二〇〇〇）
『草蟬』ふらんす堂（二〇〇三）
『残心』角川書店（二〇〇六）
『月の雛』ふらんす堂（二〇一〇）
『山田弘子全句集』ふらんす堂（二〇一四）

○山田弘子の句文集

『空ふたつ』蝸牛社（一九九七）
『夜光杯』（愛蔵文庫判自解句集13）梅里書房（二〇〇二）

○山田弘子の随筆

『草摘』角川ＳＳＣ（二〇〇八）

〇山田弘子の俳論

稲畑汀子編『俳句表現の方法』（俳句実作入門講座3）角川書店（一九九七）

山田弘子編・解説『京極杞陽句集　六の花』ふらんす堂文庫（一九九七年）

宮津昭彦・山田弘子共著『四季別俳句添削教室』角川学芸ブックス（二〇〇八）

連載「俳句を楽しむ」「週刊日本の歳時記」小学館（二〇〇八〜二〇〇九）

〇その他主なもの

正岡子規『俳諧大要』岩波文庫（一九五五）

『連歌論集・能楽論集・俳論集』（日本古典文学全集51）小学館（一九七三）

夏石番矢編『俳句百年の問い』講談社学術文庫（一九九五）

高濱虚子『俳句への道』岩波文庫（一九九七）

《初出一覧》

俳句鑑賞
芭蕉さん、こんにちは　…………………「円虹」平成二十三年九月号
（「円虹」二〇〇号記念募集評論部門第二席）
蕪村百句堂　…………………………「円虹」平成二十五年四〜十一月号
一茶を読む　…………………………「円虹」平成二十四年二〜四、八月号
子規の革新・虚子の伝統　…………個人ブログ「六四三の俳諧覚書」
俳諧小説
…………………………………………………未発表
俳句評論
芭蕉句と西行歌――その表現技法　……未発表
平明と流行――山田弘子の俳句　………「俳句界」平成二十七年三月号
（第十六回山本健吉評論賞奨励賞）

※いずれの作品も本書に収録するにあたり若干の加筆・修正を施しました。

あとがき

本書は、タイトルで「俳句入門」と謳っていますが、いわゆるハウツー本ではありません。五七五のことばの並べ方や、季題季語の薀蓄、切字のノウハウを学びたいとお考えの入門者には、あまり役立たない本かもしれません。では、専門的な「俳句評論」なのかと問われたら、ちょっと首を傾げざるを得ません。なぜなら著者は、俳文学の学術研究者でも、実作においてある程度の力量を評価されている俳句作家でもないからです。よって、本書はあくまで来年還暦を迎える「私の」、再入門過程における覚え書、俳文の記録に過ぎません。

とはいえ、鑑賞・小説・評論の三部構成の中で、蕉風の「流行」や子規の唱えた「写生」などに筆が及んでいます。おそらく今後も句づくりに行き詰まりを覚えるたび、ページを開いては芭蕉や蕪村の名句に立ち戻ったり、現代の指導者の秀句佳句を読み返したりして、俳句への再入門を図ることになるでしょう。この点において、読者のお役に立てる内容をも含んでいるのではないか。厚かましくもそう信じて、本書を上梓する次第です。

最後に、今回本づくりにご協力いただいた関係の皆さまに、心からお礼申し上げます。

平成二十八年六月六日　父の忌日に

国光六四三

著者略歴

国光六四三（くにみつ・むしみ）

1957（昭和32）年1月、兵庫県生まれ。関西学院大学卒業。32年間学校事務職。「平明と流行――山田弘子の俳句」で第16回山本健吉評論賞奨励賞を受賞。現在、「円虹」「街」所属。兵庫県姫路市在住。

E-mail　kunimitsu643@hotmail.co.jp

私《わたし》の俳《はい》句《く》入《にゅう》門《もん》

発　行　平成二十八年八月七日
著　者　国光六四三
発行者　大山基利
発行所　株式会社　文學の森
〒一六九-〇〇七五
東京都新宿区高田馬場二-一-二　田島ビル八階
tel 03-5292-9188　fax 03-5292-9199
e-mail mori@bungak.com
ホームページ http://www.bungak.com
印刷・製本　竹田　登

ISBN978-4-86438-538-1　C0095